櫻花莊的寵物女孩
5
鴨志田一
Hajime Kamoshida
插畫●溝口ケージ
illustration●Keji Mizoguchi

「真白姊放開的話，我就考慮一下。」
神田優子
空太的妹妹，有點戀兄情結的國中三年級生。對於跟著空太一起來到福岡的真白燃起了競爭意識。

「手給我放開一點。」
神田空太
水明藝術大學附屬高校普通科二年級生，負責照顧真白的工作。受到真白的影響，以遊戲開發者為志向。住在101號室。
「優子放開的話，我可以考慮看看。」
椎名真白
美術科二年級生，以漫畫家的身分出道。以缺乏生活能力及少根筋的煽情發言，把空太耍得團團轉。住在202號室。

「要是可以送給仁
就好了……」
上井草美咲
美術科三年級生。雖然擁有能獲得獎學金的實力，卻是個因為老是製作動畫而被剝奪這個權利的怪人。心儀青梅竹馬三鷹仁。住在201號室。

「這、這可不是人情巧克力喔。」
青山七海
普通科二年級生，空太的同班同學。是個努力不懈的人，靠打工收入自力更生，同時在聲優訓練班上課。住在203號室。
「我是竹筍派的。」

『……！』
赤坂龍之介
普通科二年級生，程式設計師。雖然是個只利用聊天室或郵件跟他人進行對話的繭居族，卻因為學校出席天數不足而出房門。住在102號室。

麗塔・愛因茲渥司
真白在英國時的室友，已有十年的交情。從六歲起就開始在爺爺的畫室裡認真學繪畫，就是在那時與真白相識。
「回禮我就先收下了。」
「啊！」

CONTENTS

櫻花莊的寵物女孩 5

Kadokawa Fantastic Novels

春天。開始的季節。

那時候，還以為一年很長。

冬天。結束的季節。

現在，覺得這一年過得好快。

過完年之後，時間一定一下子就過去了。

提報、甄選、考試……還有學長姊的畢業。

因為有想要抵達的地方，所以只能離開這裡繼續前進。

為了變成自己嚮往的人，大家都一點一滴地變化著。

會因此覺得寂寞，是因為軟弱嗎？

想變堅強，堅強得可以穩重的說出「不是那樣的」。

第一章
空太爭奪戰線只有異常！

櫻花莊的寵物女孩

1

——過小倉之後，接下來即將抵達終點站博多。

車內廣播的時候，新幹線剛通過新關門隧道，進到九州陸地。時間剛過下午六點。從櫻花莊出發時才過中午，現在窗外已經是一片漆黑。

再過一下就抵達漫長旅途的終點站。畢竟還是感到疲累了，所以對於逐漸看見終點一事，確實是感到很高興。明明應該高興的，空太的表情卻無精打采。

——這種情況，要怎麼向家人說明呢？

視線轉向旁邊的座位瞥了一眼。憂鬱的原因就在那裡——不，該說是存在於那裡。

「什麼事？」

似乎是察覺到空太的視線，旁邊的少女斜眼看了過來。她的名字是椎名真白。清透的雙眼以及缺乏現實感的夢幻氣息令人印象深刻，擁有讓人只要看一眼就無法忘懷的不可思議魅力。不過，可不能被她柔弱的外表給騙了。

從年幼時期開始就以繪畫為優先成長至今的真白，並未擁有所謂一般常識的概念，完全沒有生活能力。要是沒有別人的照顧，就無法過身為人類的正常生活。

所以，宛如每天當值「負責照顧真白的工作」的空太，要幫她洗衣服、挑選內褲、做便當，還要幫她吃掉不喜歡的東西，就連房間也要幫她打掃。這樣的生活開始至今已過了九個月。現在空太已經完全習慣了。

話雖如此，凡事都有限度，到了年關的這個時候，空太又面臨了新的難題。

新幹線希望號的終點站博多。是九州福岡縣的博多，而空太的老家就在福岡。是的，空太現在正在返鄉路途上。

——這究竟該怎麼辦啊……

真白當然不知道空太這樣的心情，只是以一定的節奏把竹筍形狀的小點心送進嘴裡。

——不管怎麼思考都無能為力了。

絕望與放棄同時湧了上來，空太頓時垂頭喪氣。

接著，真白那白皙美麗的手伸到了他的眼前。

「這個給你。」

真白的手上放了一個香菇形狀的小點心。

「可是我是竹筍派的。」

就在空太說完話的同時，真白把最後一個竹筍形狀的巧克力送進自己嘴裡，像個小動物般咀嚼著，然後吞下。

「香菇也很好吃啊。」

「那妳為什麼淨剩下香菇啊！」

「因為空太都不吃。」

「明明就是椎名一直竹筍、竹筍、竹筍、香菇、竹筍、竹筍、竹筍、竹筍的吃！」

「原來空太一直都在看我。」

面對平淡口氣所釋放出來的即死級反擊，空太不禁噎到而咳個不停。他喝了一口茶後，整頓好心情。

「那、那是因為要是不好好看著椎名，就不知道妳會做出什麼事來啦！」

「我是竹筍派的。」

完全沒在聽空太的藉口。

「要是妳這個樣子是香菇派，我會更憤慨。」

事到如今，空太已經不會因為這樣就覺得驚訝了，畢竟在這九個月當中已經習慣了。況且，就這一次來說，空太對於真白超乎常識的脫線行徑，甚至產生了類似懷念的感覺。

因為直到昨天……在聖誕夜和好之前的一個月左右，兩人都處在無法面對面交談的惡劣氣氛中。而契機是因為真白做料理時受了傷……

能夠再次像這樣很普通的對話而感到安心，覺得實在是太好了。

「不對，會覺得這樣是普通的時候，我就已經不對勁了吧……」

空太眺望著窗外遠方。

「神田同學，不要在新幹線裡自言自語，周圍的人會投以奇怪的眼光。」

像責備小孩子般規勸的，是坐在正前方的青山七海。他們將兩人座位回轉過來，四個人面對面坐著。

七海隔壁的座位現在因為有人離席而空著。

「青山。」

「什麼事？」

「如果覺得我很怪，不要客氣儘管告訴我。」

「那麼我就不客氣了，你那個發言已經非常怪異了。」

「……謝謝妳提醒我。」

雖然早就這麼覺得了，看來果然是這樣。不過，這也沒辦法。因為空太所住的學生宿舍……櫻花莊是聚集了學校問題學生的特別宿舍，是個只要在怪人堆裡生活個一年半，腦袋就會理所當然變得奇怪的地方。

「原來環境真的會改變一個人呢。」

「是神田同學叫我不要客氣的吧。來，我把拿到的竹筍分給你，打起精神來吧。」

七海把裝著其他小點心的塑膠托盤遞出來，裡頭長了五根竹筍。

「這世界上會對我溫柔的也只有青山了吧。」

「才、才沒那回事呢。」

空太從七海手上收下巧克力，突然浮現出小小的疑問。

「椎名小姐？為什麼妳不給我，卻給了青山？」

「因為七海是朋友。」

真白立刻回答。

「那我呢？」

「空太是……」

接著歪著頭陷入思考。要是以前，明明都會不管當時的氣氛，毫不考慮地回答「飼主」，這是怎麼回事？因為她恐怕會說出更駭人聽聞的話，還是先警戒著比較好。

「最近的空太是……」

「我是？」

「不太清楚。」

都已經擺好架勢了，卻突然冷掉。

「你應該要更振作一點。」

「是我的錯嗎！」

「你應該要更振作一點。」

「跟椎名比起來，我可是非常振作了！」

「神田同學，在新幹線裡請安靜一點。」

「對不起。」

空太被七海指責，便把音量降了下來。

「看吧，你應該要更振作一點。」

對於有些得意洋洋的真白，空太在內心抱怨著：「妳最沒資格說我！」

還是先吃七海給的竹筍巧克力，冷靜下來吧。當他這麼想的時候，剛剛去洗手間、大一屆的學姊上井草美咲剛好回來。她雙腳併攏，一屁股坐在七海旁邊，接著就把手肘撐在窗邊，深深地嘆了口帶著憂鬱的氣息。

「唉……」

她的側臉，那個總是喧鬧的美咲已不復見，茫然眺望遠方景色的眼神，散發出難過與哀愁。

「學姊，要吃竹筍嗎？」

空太向無精打采的美咲推薦零食，卻沒有馬上獲得回應。慢慢地經過五秒之後，美咲顫動大大的雙眼，將視線落在空太手上。

「……嗯。」

那是彷彿要消失般的微弱聲音。美咲的手有些拘謹地伸過來，拿了一個竹筍後，送進微微張開的嘴裡。

如果是平常的美咲，大概會整盤搶走並且吃得一乾二淨吧。然後，宛如把果實塞滿嘴的松鼠一樣，鼓著兩頰幸福地笑著說：

「天底下的竹筍都是為了要被我吃而生下來的！」

明明還能鮮明地想像那個樣子，現在眼裡所見的美咲卻始終悶悶不樂，完全沒有好轉的跡象。

——最大的問題說不定是美咲學姊。

問題堆積如山。就空太個人而言，在寒假期間還有非做不可的事。昨天收到了通過遊戲企劃甄選「來做遊戲吧」書面審查的通知書。明年一開始就有提報審查在等著，為此不得不做準備。

問題真的已經堆到看不見山頂了。

在這種狀況下，為何空太會離開櫻花莊，在新幹線上煩惱呢？而且還是帶著真白、七海與美咲三個女孩子……當然，這是有原因的。時間回溯到十小時前……那是今天早上發生的一件事。

十二月二十五日。聖誕節當天早上實在是個尷尬的開端。

空太醒來之後來到餐廳，發現美咲坐在平常圓桌旁的座位上，身上穿著睡衣，茫然地盯著空中。哭腫的雙眼跟昨晚一樣，從疲累不堪的側臉可以看出昨晚幾乎沒睡。

——今天……我好希望仁讓我受傷！

昨晚，圍著一件浴巾蹲坐在玄關的美咲所說的話，仍緊緊黏在耳朵深處，無法剝除。

因為空太實在無法想像，說出這句話的美咲是什麼心情。

要怎麼樣才會希望最喜歡的人傷害自己呢？

如果是空太，會想對對方溫柔，也想被溫柔對待。跟傷害根本就是完全相反。

但是，也不可能問現在的美咲那句話的含意。空太始終找不到安慰的話，無法忍受與美咲兩人獨處的他，便前去叫真白起床。接著，加上自行起床的七海，盡可能保持跟平常一樣的態度，吃起了早餐。

這時，櫻花莊監督老師千石千尋也出現了。雖然沒特別注意，不過她似乎昨晚就回來了。

住在空太隔壁１０２號室的赤坂龍之介不在。據說他打算寒假期間都住在商務飯店，專心做程式作業。

另一個住在１０３號室的三鷹仁，從昨晚就沒回來。

即使開始吃早餐了，還是揮不去沉重的空氣，就算說些無聊的玩笑，還是感覺空虛，對話也無法持續下去。

原因就在於美咲。她只用聽不太清楚的微弱聲音說了一句「早安」，之後就只是呆呆地吃著撕成小塊的麵包。平常都是一口就吞進去了……

「……」

凝重的沉默。如果能說句貼心的話就好了，但卻不知道到底該說些什麼才好。七海也是同樣的心情吧？只見她有些不甘心地緊閉雙唇，露出嚴肅的表情。

昨天……聖誕夜，美咲與仁之間發生了什麼事，細節不太清楚。不過，從美咲的狀態來看，不難想像在櫻花莊裡獨處的美咲與仁之間，發生了什麼可說是致命的事情。因為不論向仁告白了幾次、不管如何失敗，永遠不忘專心投入的美咲，心情竟然會低落到這種程度。

為了脫離這股令人窒息的沉默，空太提了從今天開始放寒假的話題。

「話說回來，椎名在休假期間打算怎麼辦？」

「畫原稿。」

立即回答的真白泰然自若。

「為了慎重起見，我問一下，妳要在哪畫？」

「在櫻花莊。」

「竟然是這樣嗎……」

「就是這樣。」

「我說過了吧？因為寒假期間千尋老師要去澳洲渡假，所以不能留在櫻花莊。」

被點名的本人喝了咖啡之後歇了口氣，並沒有加入對話。可以的話，真希望她能處理一下美咲的事。

「所以盡可能回老家去。」

「我聽說了。」

又是個令人吃驚的答覆。

「那麼，妳早就應該準備好回英國去啊！」

「那是空太的工作。」

「可不可以不要一臉非常理所當然說出驚人的話！」

「神田你才是吧，怎麼還在說那些夢話啊？」

千尋邊打呵欠邊插嘴。

「哪裡是夢話了？」

「真白根本就不可能有辦法安排買機票的事。」

「是啊。」

真白毫不猶豫地承認。

「妳這麼乾脆都不害羞嗎！」

就算卯起來吐槽也沒用。這種事情自己很清楚，就像千尋說的，真白根本不可能辦到。

但是在聖誕節之前，因為跟真白有些爭執而感到尷尬，所以完全沒有餘力談到寒假的話題。

「反正也不可能要她現在回英國，所以真白就由你負起責任，帶回老家去吧。」

「當真？」

「好主意。」

「妳好歹也客氣一點吧！話說回來，妳不會真的覺得是好主意吧？」

在這番對話之中，真白旁邊座位上的七海，不知為何表情顯得僵硬。

「青山，妳的臉色很難看喔。」

「沒、沒那回事。」

看不出來是如此。

「總覺得妳一臉糟了的表情……該不會青山妳也是……？」

「沒、沒問題的！只是因為滿腦子都是聖誕夜的事，所以忘記了……」

「在妳忘記的時候就已經是大問題了吧！」

「不、不用擔心，我會去拜託繭或彌生看看的。」

被列舉出來的高崎繭跟本庄彌生，是跟七海感情很要好的同班同學。

七海很快地一邊咬著吐司，一邊開始用手機打簡訊。

「青山回老家就好了吧。最糟也不過是跟老師借到大阪的旅費而已。」

「我不回老家……不能回老家，我之前不是說過嗎？」

「啊……」

沒錯。七海不顧父親的反對，為了成為聲優而來到這裡。她曾說過，自己已經下定決心，在達成目標之前不回家了。

這樣就只能仰賴同班同學了。

在那之前，首先要解決的是真白。

「對了，老師，補考呢？反正椎名一定又跟第一學期期末一樣，九科全都拿零分吧？在她及格前是沒有寒假的吧？哎呀，真可惜啊，寒假只好先保留起來了。」

「你在說什麼蠢話？那種東西，我當然在考試期間就已經讓她補考，而且及格了。」

「妳幹嘛這麼多事！」

「我可受不了假期受到妨礙。」

「牽扯到自己的利害關係時，手段就這麼高明啊！」

因為要補考而不能離開櫻花莊的起死回生案，也因為千尋而輕易粉碎了。這麼一來，實在不容易再想出其他的方法。

「椎名。」

「什麼事？」

「妳真的打算到我家來嗎？」

高中女生要到高中男生的老家過夜，這是怎麼一回事？雖然就空太的家人而言，應該只要說明情況就會答應，不過在這之前，不需要擔心其他事嗎……

「我也差不多該跟你的父母打聲招呼了。」

「這、這是什麼意思啊？」

「因為平常都受你照顧。」

「確實都是我在照顧妳到一個不可能的地步啊！」

「空太也同意了。」

「妳的論點根本就對不上啊！」

即使空太繼續追問，真白卻一副對話已經結束似的，拿著畫有貓咪圖案的馬克杯喝起可可。

「話說回來，老師，這裡應該要指導一下吧！」

「要確實做好避孕喔。」

「指導事項進度超前了！」

無視於認真的空太，千尋嫌麻煩似的打了呵欠。

同時，七海似乎收到回信了。她以戰戰兢兢的表情，凝視著手機螢幕。

「青山？」

出聲叫她，她的視線卻開始在空中飄移。

「呃……」

「沒問題吧？」

「可能有問題……」

「怎麼回事？」

「藺跟家人去旅行，彌生則是從今天開始參加壘球社冬季合宿，所以兩人都不在……」

「那要怎麼辦？」

「既然這樣，青山也由神田照顧好了。」

千尋乾脆地說出意想不到的話。

「這更誇張了，老師妳在說什麼？腦袋沒問題吧！當然是完全不行啊！」

「一個人跟兩個人不都一樣。」

「也許是這樣沒錯，但原本第一個人的存在就已經是大問題了！」

跟七海目光對上，她的眼神有那麼一點期待。即使如此，她還是搖搖頭，大概是立刻又重新思考了吧。

「我、我不能到男孩子的家裡去！」

她使勁地向千尋抗議。

「那麼，妳要怎麼辦？有其他解決對策嗎？」

「這、這個……」

七海語塞了。

「神田也是，竟然要把當季美味的女孩子丟到寒空底下，真是過分的男人啊。」

「各種有問題的發言已經堆得跟山一樣高了啊！喂！我到底要從哪裡吐槽起啊！」

已經沒有使用敬語的餘力了。

這時，彷彿雪上加霜一般——

「我今天中午就要出發了，所以你們中午前通通都要給我離開。」

千尋宣告了很短的時間限制。現在已經過九點，沒時間去找可以借宿的朋友了。窘於回答的七海將視線轉向美咲。

「上、上井草學姊，妳要怎麼辦？」

她向蹲坐在椅子上的美咲發出最後的求援。

「上井草妳要回老家嗎？」

「……我不想回去。」

「學姊？」

「因為回去就會想起仁的事。」

美咲與仁是在同一條街上長大的青梅竹馬。一回到家鄉，就會喚起令人懷念的記憶，因而更讓人覺得難過。

仁擁有六位戀人，寒假期間應該會在她們之間來來去去吧？不過，要是一時沒注意而回家去，在家鄉跟美咲遇個正著，那就未免太悽慘了。

身影變得渺小的美咲把頭埋進膝蓋，又說了一次「不想回家」。總覺得她好像一隻被丟棄的貓咪。情緒翻騰的空太心中抽痛著，冒出了無法放任不管的感情。

「那學姊要不要也來我家？」

回過神時，這句話已經脫口而出。

美咲靜靜地抬起頭。

之後，事情的發展不言而喻。

「小町，這是新幹線喔。速度很快吧～～」

將貓籠舉到窗戶的高度，讓焦茶色的小町能看到外面。帶走的貓只有一隻。要把全部七隻貓一起帶回家畢竟有困難，所以空太拜託了從以前就有往來的當地商店街的熟人，在寒假期間代為照顧，每家店託付了一隻。

不過，畢竟已是這個時候，沒辦法找到全部七隻貓的託付者，空太只好把怕生的小町一起帶回老家。

「這個是希望號喔。跟黑貓希望一樣的希望喔。」

「神田同學，就算跟貓講話來逃避現實，我想狀況也不會有所好轉的。」

「不、不，妳冷靜下來思考看看。最近大概是已經習慣了很奇怪的狀況，所以會覺得一切都是無可奈何，不過不管怎麼想還是很異常啊。」

「空太真是不死心。」

「不死心才好！如果對這種狀況越來越沒有感覺，對一個人來說已經完了！」

在這樣的對話之中，新幹線停靠在小倉站，又依時刻表繼續移動。對於該怎麼向家人解釋這情況，又該如何介紹真白等人，空太完全想不出作戰方式，但是距離終點站博多只剩下大約十五分鐘……

「你果然還是後悔了？」

七海帶著困惑的表情問道。

「……懊悔過去也無濟於事，所以想思考未來的事。」

空太的嘴角不痛快地扭曲。

「真是既負面又正面呢。」

「如果面朝後地向前進，那不還是往後走嗎？（註：「負面」與「面朝向後」日文相同）」

「不要抓我的語病啦。我可是打算協助你的。」

七海的視線朝向真白，不用多問就知道她是指什麼事。

「在神田的老家，真白就由我來照顧，你放心吧。」

「……青山。」

「還是說，我什麼都不要做比較好？」

「那、那怎麼可能！務必拜託妳了！」

空太立刻叮嚀坐在隔壁的真白。

「就是這樣。知道了吧，椎名。」

「竹筍已經沒有了。」

「不要又翻出我已經忘了的話題！」

「香菇剩下來了。」

「因為太可憐了，所以香菇也要吃喔！」

真白拿了個香菇形狀的巧克力，送到空太嘴邊。

接著，竟然以可愛的表情說著：

「來，啊～～」

「絕、絕對不要在我的老家做這種事喔。」

「喔～～所以現在就無所謂啊？」

七海發出不愉快的聲音，瞇著眼睛瞪了過來。

「還是不要幫你忙好了。」

並說出如此駭人的話。

「這種事不管是現在、過去或未來，全都不准！」

「哼。」

真白一副沒辦法的樣子，讓美咲吃了香菇巧克力。

到底有沒有在聽別人說話啊？

——即將抵達終點站博多。感謝您今日搭乘新幹線。歡迎您再度利用。

聽到流洩出的事務性廣播，空太再度嘆了口氣。問題還有一大堆。不過，最不能被家人知道、照顧真白的這件事已經解決了，所以稍微鬆了口氣。

「總覺得接下來怎樣都無所謂了。」

「神田同學總是這樣，一邊抱怨又一邊接受了莫名其妙的狀況。」

對於七海不經意的話，空太的表情僵住了。接著，他對於是否能在這種狀態下平安地過完年，開始感到不安。

2

抵達博多的一行人，花了約三十分鐘轉乘地下鐵與市內線，來到了離空太老家最近的車站。

四個人一同走下月台。

「離這裡近嗎？」

「五分鐘是到不了，不過不用十分鐘。」

空太、真白、七海並肩邁步，美咲靜靜地在後面跟上。與其說沒有精神，不如說是完全感覺不到霸氣。要是放著不管，好像就會搖搖晃晃地不知道走到哪裡去。

「空太。」

「嗯，什麼事？椎名。」

空太正在想美咲的事，所以回答有些心不在焉。但是，因為真白接下來的發言，空太的意識又完全集中到她的身上。

「背我。」

瞬間還以為自己是在作夢。實際上人一定還在新幹線，正在打瞌睡吧。但是，雖然嚇到心驚膽戰的地步，卻完全沒有要醒來的跡象。這也難怪，因為這是現實。

「好，總之先告訴我理由吧！」

為了整頓好備戰狀態，先提高情緒。要是在這時發呆，似乎就得在莫名其妙的狀態下背她。

「我膩了。」

「妳是說對於移動感到厭煩了嗎！至少也把要別人背妳的理由說成是因為累了吧！」

「我累了，所以背我。」

「不管哪個理由我都不會背！」

依然完全無法預測她會說出什麼話。

「是嗎？不然用抱的好了。」

「不要一副妥協的樣子，卻把難度提高了！」

「昨天明明是你自己想要背我的。」

真白微微噘著嘴。

「那、那是因為妳不知道把鞋子丟到哪去，在十二月的寒空下光著腳的關係！我的心臟可沒強到可以放著不管！」

「原來是害羞了啊。」

「硬要說的話，我可是在生氣！」

「……」

「幹、幹嘛啊？」

「你好好考慮一下。」

「我仔細思考之後，明確地拒絕！」

「……」

雖然做出了理所當然的主張，真白卻還是一臉無法認同的表情。不過，她似乎已經了解空太不願意背她，只見她不滿似的哼了一聲。真希望她不要用會撩撥男人心的彆扭表情看著自己，因為會讓人忍不住想背她，還有昨天應該已經蓋上的、對真白的情感似乎也快要滿溢出來。

空太搖了搖頭，慌張地壓住蓋子。

「好、好了，要走囉。」

在這種狀態下回老家……介紹給家人真的沒問題嗎？雖說七海會幫忙，不過真白的言行舉止實在難以預料，不管怎麼想都行不通吧。結論已經出來了。況且，也不知道何時會因此打開蓋子，明明昨天才決定現在要先專心在自己的事情上……

「這一定就是所謂烏雲密布的心情吧……」

空太彷彿拖著沉重的身體般，往驗票閘門走去。不過剛用力踏出第一步，外套的帽子卻被用力往後拉扯。

「嗚噎。」

喉嚨被勒住，發出像笨蛋的聲音。

「我不是說了我不背妳嗎！椎名！」

空太氣沖沖地轉過頭。

「不是我。」

真白的聲音從旁邊傳來。

抓住帽子的是七海，只見她很尷尬似的低著頭。

「青山，這是什麼意思？妳跟我有仇嗎？要是真的有就說出來啊！」

「不、不是啦！」

「什麼不是？」

「我還是回去好了！」

七海突然轉身，要折回月台。

「要回去的話，是對向的月台喔。」

「因、因為，要是住在男孩子家裡，你的家人會覺得很奇怪吧？」

「都到這裡了還在說這些嗎……」

「那、那是因為……一直到離開櫻花莊都還覺得沒關係，就突然那個啦？」

心臟噗通噗通跳個不停似的，七海的手撫著胸口。

「我、我根本就不知道、那、那個、要怎麼跟神田同學的父母親打招呼？」

簡單來說，似乎是因為眼看就快到了，緊張起來才抓住空太的帽子……倒也不是不能理解她的心情。如果立場顛倒過來，變成空太要到七海老家去過夜，空太大概會全力衝刺逃出去吧。

「算我拜託妳，千萬別說出『小女子不才，請多指教……』這種蠢話來嚇我。」

「神、神田同學你在說什麼啊！就、就算是玩笑話我也不會說……」

「剛剛的話主要是對椎名說的。知道了吧。」

「交給我吧。」

「不知道為什麼，妳那個回答實在讓我超擔心的！」

慎重起見，空太也回頭確認了美咲的狀況。看來似乎是有在聽其他人說話，不過並不參與。

「也拜託學姊囉。」

「……嗯。」

有關這次的事，美咲應該不會引起問題。不過，與其看著這麼沒精神的美咲，還不如被她耍得團團轉要來得好上幾倍。希望她早日恢復成那樣的美咲。

來到月台的中間，空太走到最前面先通過驗票閘門。

急行列車不停靠的車站前，只有一棟巴士總站，總覺得時間的流逝都變得悠閒緩慢了起來。會有這樣的感覺，說不定是因為沒有太高的建築物。站前有幾家商店並排著，再稍微過去一點的地方就看得到住宅區的屋頂。

把焦茶色的小町從籠子裡放出來，牠便喵的一聲在空太腳邊嬉鬧了起來。雖然長途旅程應該累積了不少壓力，不過牠倒是一直都很聽話，真是幫了大忙。

小町跑向最後通過驗票閘門的美咲，由她抱著。除了空太以外，小町唯一會親近的就只有美咲了。

雖然看來有些寂寞，不過美咲微微露出了笑容。貓真是太了不起了。

把美咲的事交給小町。空太大概看了一下車站的樣子，因為春天跟夏天都沒回家，所以這次回來已經是睽違一年了。

雖然覺得商店的排列有些改變，不過倒也不太記得之前是怎麼樣。原本神田家就在水高所在的藝大前站，因為父親工作的關係才搬到福岡來。空太又在搬家的同時進入水高就讀，沒有在這個地方生活過。所以雖說是老家，卻沒有家鄉的感覺。

「那麼，就要步入死地了。」

就在空太下定了不知是覺悟還是放棄的決心時，突然傳來熟悉的聲音。

「哥～～哥！」

從車站筆直延伸出來的走道上，有個像小學生般嬌小的女孩子跑了過來。她露出了滿臉的笑容，彷彿可以飛上天似的猛揮雙手，跑步時身後的背包也跟著搖晃。

「啊！」

一行人停下腳步看著她，少女就在距離空太三公尺的地方，絆到了車站前的階梯。

「啊嗚！」

少女發出慘叫聲，隨即維持跑過來的氣勢，啪地撲倒在地上。

臉部強力撞擊到水泥，光看都覺得痛。身後的背包也因此飛出東西，糖果、米果棒、巧克力，大量的零食撒了滿地。

對於突然發生的事，車站的旅客都目瞪口呆地注視著。他們的想法完全一致，都覺得她真是個可憐的孩子……

「啊，我家在這邊。」

不想被認為跟女孩有所牽連的空太，像是幫真白與七海帶路般邁出腳步。

少女依然趴在地上不動。走過她身邊之後，背後傳來迅速起身的聲音。

「哥、哥哥？你忘了我嗎？」

空太沒辦法只好停下腳步，但沒有回過頭去。

「那個女孩子猛烈地看著神田同學耶……」

七海來回看著空太與少女。

「我倒也不是不知道她是誰。」

應該說，根本就知道她是誰。簡直熟悉到一個不行。

對於這樣的空太，少女繼續火上加油。

「啊，原來是因為我已經長得太成熟了，所以認不出來吧？真是拿哥哥沒辦法啊。不過，沒關係喔？不管我變得多成熟，還是只專情於哥哥喔。」

能聽到這裡已經是極限，想吐槽的點實在太多了。

「妳根本就跟一年前沒兩樣嘛！」

空太回過頭的同時，就先指出這點。明明已經國中三年級了，卻跟剛剛從旁邊走過、一對親子當中的小學生沒有太大的差別。

「或者該說，妳是不是還縮水了？」

「我、我才沒縮水呢！我有長大啦！話說回來，如果還記得我，幹嘛無視我的存在啦！我的膝蓋還磨破了耶！」

「膝蓋是因為妳自己跌倒的吧……」

少女依然坐在地上，彷彿說著「拉我起來」的樣子伸出雙手。因為實在是不想再受到周圍更多的注目，空太折回少女跌倒的地方，撿起滿地的零食之後，把她拉起身來。

少女馬上用手環抱住空太的腰，把臉貼在他的胸膛上。

「是哥哥的味道呢。」

「別說這麼噁心的話。放開我。」

雖然努力想把她推開，她卻緊緊黏住不願放手。

「空太，那是什麼？」

從後面傳來的是真白的聲音。

「直、直呼名字？」

暫且不管優子的驚愕。

「啊，這個是我妹妹優子。」

被叫做「這個」的優子一邊發著牢騷，一邊從空太手臂的縫隙間窺看真白等人。

「我有個妹妹這件事，之前應該說過很多次了吧？」

「……」

真白不知道在想些什麼，面無表情地注視著優子。優子也沒將視線從真白身上移開。總覺得兩人之間有種莫名的緊張感，是自己多心嗎？

「哥、哥哥，這個長得好漂亮的人是誰？」

優子的聲音僵硬起來。

「該、該不會是妖精吧？只有優子看得到嗎？」

「雖然不排除這個可能性，不過我想她是人類。」

「這、這樣嗎？總覺得不像是跟優子同一種族的人耶。」

「那麼，也許優子不是人類吧。」

「咦！是這樣嗎？」

「不，妳不要真的那麼驚訝，我是開玩笑的。她是、那個、學校的……朋友，名字叫做椎名真白。」

因為剛才扯太遠了，現在才終於能介紹真白。還以為這樣對話就會步上正軌……

「我不是朋友。」

真白開口說了。

「朋、朋友以上的關係嗎！」

優子打從內心嚇了一跳。

「是飼主以上的關係。」

「妳說什麼！」

優子驚訝得連鼻孔都撐大了。

「抱歉，那是什麼意思？」

「……」

「……」

真白與優子在不希望她們保持沉默的時候卻閉嘴了，再度無言地對峙起來。雖說如此，優子也只是依然躲在空太的背後而已……

對於面無表情的真白，優子毫不掩飾警戒心。首先點燃戰火的是真白。

「妳就是電話裡的那個女人吧。」

「妳那像是遇到老公外遇對象的反應是怎麼回事啊！」

這麼說來，真白以前曾經接過優子打來的電話……明明應該只講了兩三句話，卻還牢牢記得，看起來不就真的像是發現外遇的現場嗎？

「妳、妳才是電話裡的那個女人！」

「咦？優子妳也要這樣繼續對話下去嗎？」

「放開空太。」

「斷、斷然拒絕啦！哥、哥哥可是優子的喔！」

雖然已經開始慌張動搖，優子仍然拚了命的應戰。

不過，這抵抗也維持不了多久。

「我可是空太的。」

「鏘──────！」

受到真白炸彈發言的攻擊，優子茫然地張著嘴僵住，魂似乎已經不在了。但是，這是個好機會。在優子復活之前，空太只要先重整態勢就好了。

「好，時間到，是時候了！要重新研擬作戰了！來，集合！」

空太向真白招招手，示意她把耳朵借給自己。真白靜靜地靠近，接著旁觀的七海與抱著貓的美咲也走了過來。

「我什麼話都還沒說喔？」

「人家也是……」

「是的，如同您所說的，全都是椎名的錯！我不是說過了嗎？叫妳不要講些有的沒的！」

「那麼，空太的東西就是我的東西？」

「怎麼講得好像是代表全日本的孩子王啊妳！」

「沒辦法。」

「哪一段沒辦法？這種情況有哪個地方不得不妥協啊！」

「出頭的釘子是會被打的（註：意指樹大招風）。」

「也許妳是想打擊優子，不過會被打趴的是我吧！我明明就沒有強出頭！卻被打到埋進地底下！已經完全看不到了！妳能不能做點有效的定向攻擊？」

「誰叫那個女孩子對空太太親暱。」

「因為她是我妹妹啊！」

「……」

真白突然陷入沉默，無言地直盯著空太，凝視著他的雙眼。

「幹、幹嘛啊？」

「我跟那個女孩子，你選哪一個？」

「不准給我跳過其他，就突然進入最終選擇！」

「嗚～～哇，哥哥你也在意一下優子嘛～～」

比預想還要早復活的優子，從後面拉扯空太的手。因為這樣，使得空太又得面臨站在真白與優子之間的窘境，而且是一副保護優子不受真白迫害的樣子。看來不甚高興的真白視線實在讓人覺得刺痛。

「那、那麼，妳、妳呢？」

大半的身子仍藏在空太背後的優子，如此詢問七海。看來是覺得贏不了真白，所以趁早變換目標了。雖然努力想威嚇對方，但是緊閉雙唇的表情，看起來只像是忍著不要哭出來的樣子。

「呃，我是……」

一時語塞的七海使了個眼色，雙眸訴說著「我該怎麼回答才好？」真不愧是七海，很用心的察言觀色。空太用力回覆「麻煩妳說是同班同學」之後，七海點點頭表示知道了。眼神溝通大成功。

「我是神田同學的同班同學……」

「然、然後呢？」

「住在同一個宿舍，我叫青山七海。」

「眼神溝通根本沒有意義！」

「嗚～～哇！哥哥已經完全被都市裡的壞女人們玩弄了～～！」

「不要在車站前說這種難聽的話！話說回來，妳也差不多該放開我了。」

從剛才開始，真白的目光一瞬間也沒離開過空太，不斷傳送著「跟優子分開」的念力。空太似乎已經快被詛咒了。

「因為剛才跌倒，膝蓋痛得站不住嘛。沒辦法走路了啦！所以，哥哥背我吧！」

優子發出吆喝聲的同時，跳上空太的背。

「……背被搶走了。」

真白的心情越來越惡劣。總覺得她的眼神有些發直，應該不是自己多心。

「優子，自己下來走！」

「人家痛得沒辦法站、沒辦法走路，也沒辦法空翻了啦。」

「最後那個，就算妳狀況絕佳也辦不到吧！」

「你太看得起優子可是不行的喔。」

「……要說的話，應該是太看不起妳才對吧。」

七海很抱歉似的糾正。

「真不好意思啊，青山。我想妳應該多少發現了吧，我妹妹是個笨蛋。」

「才不是笨蛋！」

「抱歉，我漏了一個字。是超笨蛋。」

「太過分了！附近的鄰居可都稱讚我一直都很有精神呢。」

「妳不知道嗎？『有精神』可是『笨蛋』的禮貌用語。」

「咦？那麼超有精神就是超笨蛋的意思嗎？這種東西國中又沒有教！」

七海一臉說不出來的複雜表情。她一定正想著高中也沒教這種事吧。

「好了，再繼續在車站前吵鬧的話，真的會被當成笑話，而且我也開始想要收取費用了。該走了吧……」

與停下腳步看熱鬧的人目光對上，大夥像是想起什麼似的動了起來。空太沒多加理會，就這樣背著優子往老家前進。

一路上，空太向優子介紹七海與美咲，還有焦茶色的小町。在這期間，背後不斷傳來真白不滿似的沉吟聲，一定不是自己想太多了。

空太的老家在幽靜的住宅區一角，外觀是與周圍十分協調而非常平凡的二樓獨棟建築。硬要說特徵的話，就只有屋頂是尖的這一點吧。

穿過大門，一打開家門，從空太背上跳下來的優子便把鞋子脫得亂七八糟，衝進屋內。

「媽～～媽！不得了了，不得了了！哥哥變成骯髒的大人了！」

「誰骯髒了啊！」

空太邊脫鞋子邊提出抗議，卻沒有得到回應。

過了一會兒，空太的母親一副不太想搭理的樣子，穿著圍裙走了出來。

「在吵什麼啊？」

「妳看！有三個女人耶！」

跟在後面的優子依序指著真白、七海與美咲。

「而且還是超高水準的喔？」

「哎呀，就是你在電話裡提到的朋友？都是可愛的小姐呢。」

「媽媽，不可以稱讚敵人啦。」

不知道是誰先說出超高水準的。

「好、好，優子先閉嘴。」

「為什麼！」

「因為妳很吵啊。」

極為中肯的意見。

「怎麼這樣～～！」

「而且只要優子一講話，對話就沒有進展啊。」

「嗚～～哇，爸～～爸！連媽媽都欺負我啊～～！」

這次是向父親求救，優子啪噠啪噠地跑進屋子裡去。剛剛還說著沒辦法站、沒辦法走路、沒辦法空翻的，不知道是哪裡來的哪個傢伙。算了，反正一開始就知道她是裝的……

完全不把優子的事放在心上，母親微笑著向真白、七海以及美咲道歉。

「來吧，各位應該都因為長途旅程累了，肚子也餓了吧？」

太陽完全下山了，現在已經是晚上八點。

「我馬上就準備晚餐，來，先進屋裡吧。」

「不好意思，打擾了。」

七海首先打了招呼，接著是美咲有禮貌的回應：

「要受您照顧了。」

最後是真白——

「小女子不才，請多指教……」

「我剛剛才叫妳不要這麼說吧！」

空太不容分說地打斷。

「我以為你是希望我這麼說。」

「可不可以不要把別人懇切的願望，當成好像是為了搞笑一樣？」

「總覺得將會是個很快樂的過年呢。」

空太的母親聽了各自的招呼後，看來並沒有動搖，反而很開心似的這麼說著。話說回來，她就是這樣的母親……

這時，優子帶著父親過來了。

「空太，你回來啦。」

雖然今天是假日，但父親還是穿著襯衫加領帶，大概有工作吧。

「啊，嗯，我回來了。」

「嗯嗯。」

雙手交叉在胸前的父親，依序看了真白、七海與美咲。

接著用力點了點頭，以有些嚴厲的口氣叫道：

「空太。」

「幹、幹嘛啊？」

帶著三個女孩子回來，果然還是會被唸太不懂常理吧。真是這樣的話，說不定有些麻煩，因為他是個在奇怪的地方非常頑固的父親。

空太警戒地擺好姿勢。父親一臉認真對著他說：

「我可沒有認同一夫多妻制喔。」

「用不著你認同，國家也不會認可的！」

對這個父親期待正經的反應本身，可能就是個錯誤吧。他決定調職到福岡的時候，雖然堅持一定要把優子帶去，但空太對他來說卻是可有可無、不影響自己寂寞與否。而且他還是對親生兒子說隨便他愛怎樣就怎樣，如此逼迫他做選擇的男人。

「妳們大老遠來到這個地方，就當作自己的家好好休息吧。」

父親無視空太的存在，對著真白、七海與美咲說道。

「你跟我的對話還沒完吧！」

「別以為久久才回家一次就可以撒嬌。我沒有話要跟你說！」

「可是我有！」

「喜歡父親喜歡到一個不行的兒子可是很噁心的喔，空太。」

「我根本就沒說過這種話吧！我是要向你抱怨……啊～不，算了。這個話題還是結束的好。」

就算繼續下去也只是讓自己更累而已。再說，父親根本就沒在聽自己說話，迅速地與優子窩到客廳裡去了。這樣根本也沒辦法繼續對話，況且還有真白、七海和美咲在，不想被看到這個家奇怪的地方。

不，應該已經太遲了。不管是優子也好，父親也好……看來比較正常的就只有母親。

在心中嘆了口氣，空太垂下了肩膀。

「該怎麼說呢？神田同學的家人都是很有個性的人呢。」

「青山，妳不用忍耐，可以直說都很怪沒關係。」

「我、我是不會那麼覺得啦，只是……」

「只是？」

「總覺得我可以了解神田同學能夠適應櫻花莊的理由了……」

「嗯，我也開始這麼覺得了。」

因為太煩惱要如何把真白、七海與美咲介紹給家人，所以沒把心思放在自己家人身上。不過，就結果來說倒還好。雖然是負與負抵銷出來的解決方法，不過這種時候手段根本不重要。解決了在過年期間帶三個女孩子回老家，並且向家人介紹的大問題，所以根本不算什麼。

「人一定是因為這樣而逐漸變得堅強吧。」

這麼一來，剩下的問題，果然還是美咲的事很令人在意。

脫了鞋子的美咲，小聲地對抱在懷裡的小町說話。

——仁，不知道有沒有好好吃飯呢？

3

距離晚餐還有點時間，空太便把行李搬到自己位在二樓的房間去。話雖如此，因為舊的衣物一直擺在那裡，所以他幾乎沒帶換穿的衣服。他從櫻花莊帶來的行李，有九成都是真白的日常用品。

包含真白在內的三個女孩子，現在正在隔壁的客房整理行李。二樓總共有三個房間，其中一間是優子的房間。父母的寢室在一樓，屋子的設計是４ＬＤＫ（註：指有四間房間、一間客廳（起居室）兼飯廳、廚房）。平常只有父母與優子三個人，所以房間是空出來的。

空太躺在久違的老家床上，一點也不感到懷念。住慣了櫻花莊１０１號室，總覺得連味道也不一樣。

他把手機拿在手上，從電子郵件簿中找出仁的號碼撥打。

鈴聲傳到耳裡，接下來就只能祈禱他接電話了。

第一次、第二次都沒接，第三次也不行。就在第四通的電話當中，終於傳來電話接通的噗滋聲響。

『突然想聽我的聲音嗎？』

貨真價實是仁的聲音。

「是啊。」

『你說這話真是讓我開心啊。』

昨天才聽過這個開玩笑的口氣，總有些令人懷念，甚至有種安心感。

「仁學長，你現在人在哪裡？」

『嗯？在學生會長的房間裡吃閒飯啊。』

「啥？」

冒出完全沒料想到的單字。所謂的學生會長，究竟是怎麼一回事？

『啊啊，應該是前學生會長吧。』

不管是哪一個，空太腦海中浮現的都是同一個人物。

「那個學生會長……或者該說是前學生會長……就是那個戴黑框眼鏡、在我們要爭取文化祭許可的時候，被我大聲飆罵的人吧？」

『是啊。』

還以為他跟仁的關係很惡劣……

「……仁學長，那個人不是討厭你嗎？」

『他大概是那種，對喜歡的對象反而變得冷淡的個性吧。』

「兩位是什麼關係啊……」

『大概是不能對別人說的關係吧。』

「我很認真的在問你耶。」

『真是冷淡啊～～』

「那麼，到底是怎麼回事？」

『不要那麼生氣嘛。因為我們連續三年都同班啦。算是被命運牽引的好朋友吧。』

依然不知道他說的哪些是正經的。就算連續三年同班是事實，總覺得說是好朋友這點就很可疑。不過，既然會讓仁在他房間過夜，說不定真是如此。

正當空太這麼想著，電話那頭卻傳來曾經聽過、有些歇斯底里的聲音。

『誰是你的好朋友！別說那種令人毛骨悚然的話！』

錯不了，正是前學生會長。因為空太也曾被他大聲吼過幾次，所以還記得。

看來仁似乎真的在前學生會長的房間裡。越來越搞不懂這兩個人的關係了。真要說起來，仁就算不拜託前學生會長，應該還有其他地方可以去。

「為什麼是在前學生會長的房間？明明有很多可以留你過夜的女友吧。」

『女友是指誰？』

「戲劇學部四年級的麻美學姊。」

『我說要去考大阪的大學，臉部就中了她一拳然後被甩了。』

「咦？那麼護士紀子小姐呢？」

『我告訴她說我要去考大阪的大學，她就說「這一年來過得很開心」。』

「花店的加奈小姐呢？」

『我說要去考大阪的大學，她就笑著跟我說「我也要結婚了」。』

「那、那麼，年輕太太芽衣子小姐呢？」

『我說我要……嗯，這段可以跳過了吧。她就說「這樣啊，時機也剛好差不多。我丈夫好像已經發現了……」』

「賽車女郎鈴音小姐呢？」

『她很乾脆地告訴我「我是不談遠距離戀愛主義的」。』

「粉領族留美小姐……」

『……她對我說考試要好好加油。』

「也就是說……」

『不是被甩、被拋棄，就是分手了。』

「……這、這樣啊。」

連續六個人，真像是仁會有的壯烈事蹟啊。

『那麼，找我什麼事？』

「不用我說，仁學長應該也知道吧。我現在人在福岡的老家……」

『我知道，聽千尋說了。還有真白跟青山同學……美咲也跟你們在一起吧？你真是讓我感到尊敬啊。』

「聽起來只覺得像是把我當成笨蛋而已……」

『只有一線之隔啦。』

仁哈哈大笑起來。

「話說回來，你知道美咲學姊現在怎麼樣吧？」

因為讓美咲失去活力的就是仁。雖然不知道聖誕夜裡兩個人之間發生了什麼事，但是仁的言詞或態度讓美咲完全失了魂。

『我想要做些什麼，結果就變成這樣了。』

「……」

『所以已經沒有什麼我能做的事了。』

「……發生了什麼事？」

對於要不要問煩惱了許久，最後空太還是丟出對美咲說不出口的問題，因為如果不更深入就無法前進，能讓美咲幸福的，除了仁以外再也沒有別人。

「聖誕夜發生了什麼事嗎？」

『……』

手機只傳來仁的嘆息。

「你對美咲學姊說了什麼？對她做了什麼？」

『我沒特別對她說什麼，也沒對她做什麼。』

「仁學長。」

空太的聲音裡帶著焦躁和無法壓抑的感情。仁不但沒有對此表現出不愉快，反而輕柔地笑著接受了。

短暫的沉默，降臨在兩人之間。

空太等待的同時，仁先開口了。

『我對美咲說我喜歡她。』

就像是早晨打招呼般自然的語氣，因此空太沒有馬上理解仁所說的意思。因為他認定那是仁絕對不會說出口的話，而且從美咲沮喪的樣子看來，絕對不可能是那樣的情況。

「咦？」

『……』

『搞什麼啊。你沒聽到嗎？我向美咲告白了。』

空太稍微頓了一會兒，發出呆茫的聲音。

沒有聽錯。看來仁似乎是真的向她表達心意了。

『喂～～喂，收訊不好嗎？』

「收訊非常良好。我聽得很清楚。」

『那麼，我就不再講第三次囉。』

「呃，可是，因為……咦！這是怎麼一回事？」

如果仁向美咲告白了，故事應該是以喜劇收場啊。

「真的很抱歉，以我的腦漿實在無法理解……」

那個時候……聖誕夜時，回到櫻花莊的空太所看見的，是嗚咽哭泣的美咲，不成人形地緊緊抓著空太。

『我對她說，因為我喜歡她，所以希望她給我時間。』

「時間？」

『去念大阪的大學，為的是去面對自己的夢想。就算忍著喜歡美咲的心情，也想要完成目標。不這麼做的話，我無法變成自己想要成為的那個自己。』

「……」

『不過啊，美咲完全不聽我說的話。她說不想等，想現在就成為男女朋友。她要我現在就抱緊她，要我現在就抱她……』

「……」

『到最後，甚至還說要跟我一起去大阪。那當然不行啊。她完全搞不清楚我為什麼要去大阪，真不愧是美咲啊。』

「……是、啊。」

『而且……那傢伙一定要留下來念水明藝術大學。影像系的學院學科當然是水明比較好。不論是劇場、動態攝影室、音響室，甚至連藍圖用的伺服器都有。設備這麼齊全的地方，也只有水明藝術大學了。』

「話是這麼說沒錯，那是……因為美咲學姊一直以來都在等待仁學長回頭看她，所以那反應也是理所當然的吧！」

『就算這樣，我也不能捨棄自己的目標，變成一事無成的男人吧。』

「這……」

『我也是有目標的。』

「……」

『我想跟美咲一起做出最棒的作品，想做出只有美咲跟我才做得出來的東西。為了這個目標，我還有非學習不可的事。』

「不能一邊跟美咲學姊交往一邊進行嗎？」

『如果辦得到，我們早就在交往了吧。』

為了美咲，空太內心希望仁能再多一點妥協。只是，接下來的話都哽在喉嚨，說不出口。因為自己了解仁的心情。雖然程度上有所不同，但空太對真白也有類似的想法跟情感。

現在還不行，還要再往前進才可以。不是追著她的背影，而是站在她的身旁。想跟她處於同樣的視點，看看同樣的世界，對此還不能夠放棄。

會在情感上加蓋，也是因為這個緣故。

正因為如此，所以空太閉上嘴。只能咬牙壓抑住情感，繼續往前進。

『說不定，其實我只是對於碰觸美咲感到害怕而已……』

這聲音聽來有些許寂寞。總覺得仁並不是對著空太說，而是為了他自己所說出口的話，所以空太並不想去追究他話裡的含意。

『反正就是這麼回事。美咲的事就暫時拜託你了。』

「我可是什麼都辦不到喔。」

『什麼都辦不到的傢伙，不會只是因為不能放她一個人不管，就帶回自己老家去吧。』

「我想要聽的才不是這種話，我只是希望仁學長跟美咲學姊能夠順利！」

『不要要求我做出你自己也辦不到的事，空太。』

仁用溫柔的聲音說了。同時，空太也感覺到強烈的拒絕。

「我覺得如果是仁學長，一定可以辦到。」

仁沒有對此做出回應，只是恢復平常的調調說：

『跟空太聊太久的話，前學生會長會嫉妒的，我要掛電話了。』

在電話掛斷之前，仁嘆著氣的那一頭傳來前學生會長說『少說蠢話了』的抱怨。

之後通話就中斷了。空太闔上手機，丟在枕頭上。

優子前來說「晚餐已經準備好了」，是在三分鐘之後的事。

4

母親大概是選了具有福岡特色的東西，晚餐準備了醬油湯底、滿滿都是韭菜的大腸鍋。父親、母親、優子、空太、真白、七海與美咲七個人圍著鍋子，空太在稍微靜下來之後，藉機介紹彼此認識。

之後也聊了今年的文化祭，還有商店街麵包店新商品的話題。氣氛被炒熱後，父親與母親便很自然地接受了真白、七海與美咲。原本神田家就住在水高所在的藝大前站，所以絲毫不缺共同的話題。

還會發牢騷的只剩優子吧。她堅決不願意將空太旁邊的座位讓出來，在吃飯前對真白說：

「哥哥旁邊的位子本來就是優子的。」

「那是我的特別座。」

像這樣兩人迸出了激烈的火花。

「既然他們已經一年沒見面了，真白就讓給她吧？」

要不是七海如此勸說，現在兩人的爭執可能還在繼續吧。

「來，哥哥，吃韭菜吧。」

得到隔壁座位的優子帶著開心的表情，把韭菜放到空太的碗裡。因為椅子也貼得很近，所以只要稍微動一下就會碰到肩膀，實在很礙事。雖然看來優子比較喜歡這樣……

「妳只是把妳討厭的食物丟過來而已吧。」

從剛才開始就一直覺得，自己以一比五的比例吃著大腸跟韭菜。

「才沒有，這可是優子的好意呢。」

「原來妹妹覺得我像韭菜嗎……」

已經搞不清楚是怎麼回事了。雖然不清楚，但空太處於不是光考慮優子就好的狀況。

隔著桌子坐在正對面的真白，從開始吃飯以來就一直投以不高興的視線。

看來她似乎也想把韭菜放到空太的碗盤裡，但是餐桌意外地寬敞，就算伸手也搆不到。也因此，真白的韭菜就由七海帶著有些厭倦的表情處理掉了。

雖然要說好吃是很好吃啦……

配菜還有明太子，最後火鍋由什錦麵做總結。多虧如此，吃完飯時肚子已經撐到不行了。

一吃完飯，父親就說要去洗澡，並走出客廳。

「因為在場都是女孩子，所以他害羞了。」

笑著如此說道的母親，也起身去洗碗盤。

「啊，我來幫忙。」

七海收拾剩下的碗盤，追上了母親。

「哎呀，我好開心，就好像空太討了媳婦一樣呢。」

這時空太正好把茶含在嘴裡，忍不住用力噴了出來，直擊把身子稍微挪出來的優子臉龐。

「嗚哇！啊、好燙！不燙不燙！不對，哥哥，你幹什麼啦！」

「妳、妳在說什麼啊！媽！」

「居、居然說我是……神、神田同學的媳婦……」

「這、這對青山太失禮了吧。」

七海拿毛巾擦拭優子的臉，一邊讓情緒平靜下來。

「……倒也不會失禮啦。」

然後小小聲地這麼說了。

「嗯？」

「沒、沒事啦。」

「竟然是這樣的兒子，真是不好意思啊。」

「不、不會！」

七海依然漲紅著一張臉，與空太的母親開始洗碗盤。

「空太，你想要討媳婦嗎？」

「想、想跟哥哥結婚的話，就、就先打倒優子！」

優子緊抓著空太的手臂。

「空太，你們黏得太緊了。」

真白鼓脹著臉頰。因為實在很可愛，所以令人感到困擾。總之先別開視線，等內心的動搖恢復再說。光是這種程度就受到震撼，接下來真的有辦法壓抑住自己的情感嗎……

「你明明就是負責照顧我的工作。」

「椎名小姐，這個話題有點……」

七海好不容易願意幫忙照顧真白，要是在這裡揭穿就沒意義了。

「哥哥，那是什麼意思？也要讓優子聽得懂啦。」

「色瞇瞇的。」

「我才沒有！她是我妹妹耶！」

「不檢點。」

「妳真是想說什麼就說什麼啊妳！」

「不要無視優子的存在啦！」

優子拉扯著空太的手臂。

「什麼事也沒有，所以優子妳用不著在意。」

空太稱讚好孩子般摸了摸她的頭。這麼一來，優子心情就會變得很好。

「哥、哥哥，在大家的面前，我會不好意思啦。」

優子一副這樣倒也未嘗不可的樣子，有些難為情地笑了。大概是因為這樣，讓優子的心境變得比較從容，只見她直盯著真白說：

「我跟哥哥的感情這麼好喔。」

態度變得比較強硬一些。

「就連一釐米都不可能讓給真白姊。對吧，哥哥？」

「這我很難同意。」

「不用害羞啦。我可是為了要跟哥哥撒嬌，才生來做哥哥的妹妹喔。」

「我可不是為了寵妳而被生下來的！」

「所、所以，請真白姊放棄哥哥吧。」

對於優子竭盡所能逞強的宣戰，真白完全不為所動，只是以一定的節奏重複眨著眼睛。

接著，停頓了一會兒後，她靜靜地說：

「好吧。」

「太、太好了，哥哥！」

相對於開心的優子，空太不禁有種不祥的預感。雖然真白不會將情感激烈地表現出來，所以不太容易知道，但她的本質其實超級任性，而且超級不服輸。空太實在不覺得這樣就結束了。不可能這樣就結束。

「以空太為賭注一決勝負吧。」

真白從椅子上站起來。

「妳、妳是說妳不打算放棄哥哥？」

看來剛才的「好吧」似乎是表示決心一戰的意思。

「我沒有空太就會活不下去。」

「優、優子也是啊！」

優子彷彿接下挑戰般也站了起來。

「我就來證明我比妳更需要空太。」

「優、優子也很需要哥哥啊！」

「等等、等等！先冷靜點坐下來！可以吧，椎名？」

「我仔細思考之後，明確地拒絕。」

「嗯，妳還真是很冷靜啊！」

真白似乎已經沒有話要對空太說，轉向與優子面對面。接著，突然說出爆炸性發言：

「我每天都是由空太幫我準備內褲的。」

讓時間凍結的冰冷聲音，在空太腦內迴盪著。

「喂、喂！椎名，妳在說什麼啊！」

「優、優子也是每天洗澡都讓哥哥幫我洗很多地方喔！」

「優子也是笨蛋啊！」

「……喔，洗澡啊。」

擦拭碗盤的手從沒停過的七海，冷漠的聲音從廚房傳了過來。

「……記得你們一直住在一起……應該是到神田同學國三、優子國一的時候吧。我覺得真是太超過了……」

「不、不，只到小學而已，請不要一副倒胃口的樣子！優子也不要那麼誇張！」

「每天早上都是空太叫我起床的。頭髮也是他幫我整理的。洗完澡後也是他幫我吹乾頭髮。睡衣、內衣褲，還有制服也是，全都是空太幫我洗的。便當也是空太親手做的。」

對於真白語調平靜說出口的事實，優子的身子越縮越小。

「這、這麼多？優、優子也是！優子以前也是每天都跟哥哥一起睡喔！」

「不、不，沒有每天啦。」

「喔，不過，偶爾會睡在一起啊……」

「不、不，那都是小時候的事喔？」

空太雖然一邊辯解，但已經沒有跟七海對上視線的勇氣了。

「話說回來，這根本不是椎名跟優子的比賽，而是要把我從社會上完全抹殺掉吧？算我拜託妳們，趕快停止吧！」

「這我辦不到。」

「這我辦不到啦！」

真白與優子異口同聲。

「因為人生有些戰役是無法躲避的。」

優子結結巴巴地講了誇大的話。

「這對我來說是一定要迴避的戰爭啦！」

「決勝內褲也是空太幫我選的。」

「決、決勝內褲？」

滿臉通紅的優子，像金魚一樣不斷張闔著嘴，一副倉皇的樣子。

「太超過啦！這梗完全玩過頭啦！所以，拜託妳就在這一幕喊卡吧！」

「因為是現場直播，所以沒辦法喔，神田同學。」

七海似乎已經洗好碗盤，走回飯廳。

「我、我已經受不了了。既、既然這樣，那我只好拿出祕密武器。」

「優子根本就沒忍耐過吧！就是因為這樣，最近才老是被說現在的年輕人都沒耐性！」

「我、我跟哥哥沒有血緣關係喔！」

「不要擅自設定！不要跟著起鬨！優子妳衝過頭了吧！」

「真、真白妳不也是從剛才開始就講得很起勁！為什麼只說優子！太不公平了！」

「……」

「……」

一時之間沒辦法回話，空太不禁沉默了。雖然應該是不自覺的，連真白也閉上了嘴。坐在電視機前的沙發上看電視的美咲，噘噘地啜著茶碗裡的茶。

沉默產生了饒富意涵的空檔，而且還奇蹟般十分協調。

「為、為什麼不說話？」

似乎就連優子也感覺到了什麼。

「咦？什麼？是、是這樣嗎？該、該不會……騙、騙人的吧！」

「那、那當然啊。怎麼可能有那種事？」

雖然拚死想笑，臉卻只是僵著，聲音也乾澀了起來。

優子呆了一會兒，察覺到什麼事而開始思考，最後出現在她臉上的，是驚愕的表情。

「剛、剛剛真白姊所講的事全部都是真的？」

「是真的。」

「喂，椎名！」

「媽、媽～～媽！哥、哥、哥、哥哥他變得好可怕！」

「全都是事實。」

「是我錯了，椎名！我跟妳道歉，拜託這裡交給我來收尾！」

「這我辦不到。」

「我都這樣拜託妳了耶！」

「說謊是不好的。」

「也有善意的謊言啊！」

「不管怎麼樣，應該都已經來不及了吧……」

坐在真白旁邊的七海意見十分中肯，帶著一臉受不了的表情。

「請誰來幫我按一下人生的倒帶鍵！或是請開發出時光機吧！」

「空太在跟真白交往嗎？」

母親一邊把盤子收到櫃子裡，一邊出聲問道。

「沒、沒有在交往。」

「那麼，等一下再慢慢說給我聽吧。」

不知為何，即使在這種狀況之下，母親還是很開心似的笑著。或者應該說，從來沒看過母親可怕的表情，就算父親沒事先說好就喝到大半夜才回來，她也是像現在一樣綻放笑容。只是，總覺得那時在這樣的母親面前，頭上綁著領帶的父親是跪著的……

「這、這樣一來，我只好著手進行A計畫了！優子要去報考水高！」

「喔喔，那可真是驚人啊～～」

就連使勁吐槽的力氣都沒有了。

「我會進水高，保護哥哥不受真白姊所害的。」

「那麼，我就對優子進行C計畫。」

「禁止消滅別人！」

空太看了一下七海。「嗯？」不知道為什麼空太的視線會投向自己的七海，發出小小的疑問聲。其實不要知道會比較幸福。她絕對想不到，以前曾經出現過要消滅自己的計畫。那應該就是C計畫。

「強出頭的釘子非打不可。」

「放心吧，椎名。就學力程度而言，優子的發言只是幻想而已。」

「我是認真的！」

空太實在覺得很疲累，於是離開餐桌，在乖乖坐在電視機前的美咲旁邊坐下。電視正播著明天的天氣預報。

「明天福岡也會是好天氣嗎？」

「咦？優子報考高中的話題結束了嗎？」

「嗯，結束了。在開始前就已經結束了。」

「呃～～剛剛說到哪裡……咦？還沒結束吧？」

「優子，爸爸不是反對妳報考水高嗎？」

從廚房走出來的母親插嘴說了。

仔細想想，溺愛優子的父親，本來就不可能輕易允許她去念很遠的高中。畢竟父親就連手機都不准她帶。

「所以，只要哥哥去說服爸爸就好了。」

「所以是接哪一段？」

「反正，在哥哥說服爸爸之前，不准哥哥吃飯喔。」

「這種話等妳稍微會幫媽媽的忙之後再說吧。」

就連七海都會幫忙洗碗盤呢……

「哥、哥哥不幫人家打倒爸爸的話，我會很傷腦筋的！」

「妳自己去打倒就好了吧。」

「我正忙著打倒真白姊呢。因為絕對不能輸的戰爭已經開始了！」

「那個戰爭能不能給我停下來？會遭遇不幸的人是我吧？」

「沒問題的，空太。」

「現在這個狀態就已經非常有問題了耶？」

空太已經提不起力氣。

「我馬上就解決了。」

「我、我才不會輸！所以，哥哥，你要加油喔！要打倒爸爸喔！」

可以的話，實在不想跟父親講話。撇開討厭與否不談，潛意識就不擅長跟他相處。

正當空太這樣想的時候，洗完澡的父親過來拿啤酒。

不知道與感覺到氣息而回過頭去的空太目光有沒有對上，只見他往玻璃杯裡倒著啤酒說：

「我不會認同妳去考水高的。」

看來剛剛似乎有聽到對話。這也難怪了，畢竟吵得那麼大聲。

「絕對不會同意的。就這樣。」

彷彿要結束話題似的，父親一口氣喝光玻璃杯裡的啤酒，早早窩回房間去了。

空太與優子無言地目送他的背影。所謂的無依無靠指的正是如此。

「……」

「……」

「那麼，我也要回房間去了。」

要是繼續待在這裡，身體會受不了的，精神好像也快要崩潰了。空太帶著求饒的心情，正打算走出客廳的時候——

「空太，答應我等一下要慢慢說給我聽的事，你沒忘吧？」

母親微笑叮嚀。

「是、是的。我當然還記得。」

空太在內心深深嘆了口氣。第一天就搞成這樣，真的能夠平安過完年嗎？過完年後，遊戲企劃甄選「來做遊戲吧」的提報審查就在眼前，寒假就要開始進行準備了。這才是現在空太最優先要做的事。

但是，前途堪慮。問題堆積如山，不知道到底能不能解決。

不過空太早就知道，即使煩惱也沒有什麼意義。

「因為，也只能做了再說。」

自言自語的聲音空虛地在樓梯間迴盪。

這一天，空太在心裡的日記如此記載：

——正坐三個小時。向母親說明椎名的情況，是今天最辛苦的事……

第二章
年末年初是喧鬧的祭典

1

空太由於真白與優子之間的爭奪戰，受到了莫大的精神傷害。從隔天起，空太便重新振作，開始認真進行提報的準備。

「好，要認真做了！」

難得的寒假。因為不用去學校，所以可以充分利用時間。

一早就窩在自己的房間裡，重新讀過企劃書，思考說明的流程。他想著要以什麼樣的順序說哪些話，再追加不足的資料，並刪除多餘的部分。

確定了方針之後，接下來就得動手準備說明用的小抄。雖說時間很多，但也稱不上游刃有餘，所以必須一個接一個確實地完成。

書面審查階段落選了好幾次，才終於贏得這個機會，絕不能白白浪費。

「這次一定要做出成果。」

上次……夏末時挑戰的報告，不但沒有得到想要的結果，甚至沒有進行得很順利的實感，就這樣結束了。令空太感到十分懊惱，深刻體會到自己想法的天真以及短淺。

「那麼悽慘的經驗一次就夠了。」

所以這次要準備周全，進行無懈可擊的提報。

這就是空太對自己訂下的目標。

但是，與空太的幹勁背道而馳，即使到了寒假第三天的二十八日晚上，提報的準備仍然不甚順利。

原因在於每天晚上都會造訪自己房間的兩個人。

「哥哥，不要一臉認真，多寵寵優子嘛。」

空太被從早到晚都希望他陪自己玩的優子糾纏，而且氣勢更勝以往住在一起的時候。昨天甚至說出這種話：

「哥哥，一起洗澡吧。」

今天早上還想跟著空太到廁所去。這妹妹始終不願意放開哥哥。

讓優子變成這樣的原因很清楚，就是真白。真白現在也一臉理所當然，緊緊靠著坐在床上檢查企劃書的空太背上。優子似乎對此不太開心，燃起了熊熊的對抗意識。

「真白姊，離開哥哥。」

「優子才要放開。」

「妳們不准吵架喔。」

「哥哥你站在哪一邊啊！」

「當然是站在我這邊。」

「怎麼會？」

「我不站在任何一邊啦！」

像這樣的對話不知道重複了多少次。

因為床上坐了三個人，實在是窄得受不了。話雖如此，就算空太換了位置，兩個人也會緊緊黏上來，狀況並不會有所改變。昨天空太移動到書桌前的時候，甚至還變成三個人擠一張椅子的局面。

這樣的情況，從回到福岡以來就一直持續著。

也因為這樣，空太的周圍總是吵吵鬧鬧的。真希望這份喧鬧可以多少分給沒有精神的美咲。

隨著日子一天天過去，美咲開口說的話也越來越多，已經恢復到空太或七海跟她講話，她也能無礙回答的程度了。不過，她自己並沒什麼行動，整天幾乎只跟小貓小町玩耍或曬太陽。

而七海則是來到福岡之後，就一直幫忙空太的母親做家事。從打掃、洗衣、做菜到洗碗，今天白天甚至還一起出門到附近的超市去採買了。空太則同行負責提東西。

當時已經跟七海說過不用幫忙了，不過她卻說自己希望能幫忙多做些事。

「青山，訓練班的甄選不是快到了嗎？」

「大概正因為這樣，所以做點什麼事比較能分散注意力。一旦閒下來，就會淨想些消極負面的事吧。」

「不需要做什麼準備或練習嗎？」

「我有做心理準備啊。」

「話說回來，甄選到底都要做些什麼事？」

「如果跟往年一樣，大概會有三個項目。第一個是指定的原稿朗讀。這個的話，我想大概過完年很快就會拿到原稿。」

「喔～～」

「第二個是一般的演戲。不過，聽說都很簡短，而且幾乎都是獨角戲。這個也跟朗讀原稿一樣，應該會拿到劇本。」

「第三個呢？」

「據說是當天發表題目，進行即席隨性的表演。大家的題目都不同，是以抽籤來決定的。」

「最後這個好像很困難。」

「是啊。沒辦法事先做準備，而且一出手就定勝負了。不過，我覺得演員也需要這樣的適應力，還有就是測試潛力的感覺。」

「原來如此……所以說，現在也只能先做好心理準備。」

「你以為我是勉強自己在幫忙？」

「不，也不是那樣啦。」

其實就是這樣……

「這種說法真讓人覺得不對勁。不過，反正就是這麼一回事。如果可以準備，我也想事先準備，但是現在真的無法做什麼。這樣會讓人靜不下來吧？所以，幫忙神田同學的母親還比較輕鬆一點，我是說真的。」

「這樣的話就還好，反正我媽媽也很高興。」

空太聽了七海說的話，決定尊重她的意思。想要抑制焦躁有多麼困難，現在正與這種情緒對戰的空太再清楚不過了。看不見的沉重壓力將會一步步慢慢地侵蝕身體。

看似與這樣的焦躁無緣的真白，似乎突然進入了集中精神狀態，即使優子吵鬧也不見她有反應。她整個人佔據了空太的背，在素描本上流暢地動著筆，進行草稿的鉛筆稿作業。

優子大概是覺得機不可失，玩著掌上型遊樂器靠了過來。

「哥哥，這傢伙好強喔！幫我打倒他！」

要哄她也麻煩，空太索性迅速地幫她打倒了強敵。

之後——

「這邊要怎麼辦？」

她又這麼問了。

「這傢伙的攻略法呢？」

然後這樣靠近過來。

「跟優子玩嘛～～」

接著還這麼撒嬌。空太完全沒辦法準備提報，累積的壓力不斷「咕嚕咕嚕」沸騰了起來。

就這樣，他很快就到達忍耐的極限。不，應該說是在全力準備提報的情況下，居然能夠忍耐三天。

「哥哥都不陪人家，優子好無聊喔。」

優子拉扯著空太的手臂——這正是導火線。

「啊～～真是的！別妨礙我！」

「哇啊！」

空太突然大聲叫了起來，優子也發出奇怪的慘叫聲。因為這個反作用力而被拋出去的企劃書紙張在空中飛舞。

「我這個寒假有要做的事！」

「優子也想在寒假期間跟哥哥玩得盡興啊。」

「妳不用準備入學考試嗎？」

「嗚……」

「妳明年不是想念水高嗎？」

「現在……只是在休息而已。」

優子低著頭喃喃辯解。空太回到家以來，一次也沒見過優子念書。

「妳如果真的想讀水高，至少要好好念書。像妳這樣，也難怪老爸會反對了。」

「實話是很傷人的！哥哥是笨蛋！」

猛然抬起頭的優子，眼裡淌滿了淚水，接著企圖以雙手推開空太。不過因為力氣不夠，結果還完全搞不清楚她想做什麼，她就衝出了空太的房間。

隔壁房門「砰」地用力關上。

「唉。」

空太忍不住嘆了口氣，注意力也完全中斷了。

即使在這種情況下，真白也沒將頭從素描本上抬起，正埋首於自己的工作。

「我覺得妳這一點真的很厲害。」

當然，真白還是沒有反應。

受到這樣的真白刺激，空太撿起被甩出去的企劃書。

移動到書桌前，打開向美咲借來的筆電。他利用恢復集中力的這段時間，重新看過想要修改的部分。

在這之後一陣子，他「喀噠喀噠」專心敲著鍵盤。

因為已經決定了方針，企劃書的修正並沒有花太多時間，大約一個小時就把資料準備好了。接下來就把自己在意的遊戲流程說明部分，再表現得更簡潔些吧。就這樣，現在想做的工作已經完成。

空太自己覺得這樣已經變得容易閱讀，而且簡單明瞭許多。也多虧之前請真白幫忙畫的繪畫素材，得以省去多餘的說明文章。不過，要做到什麼樣的程度，才算是做好萬全的準備呢？能夠接近目標的盡善盡美嗎？因為找不出正確解答，所以即使繼續作業，也只是累積更多不安，靜不下來的情緒讓空太的下腹部隱隱作痛了起來。

為了轉移注意力，他維持坐姿，大大往後伸著懶腰。

視野當中顛倒過來的真白正重複審視著草稿。認真的眼神，帶著堅毅的意志。

「話說回來，椎名……」

有五成的機率會回應。

「什麼事？」

真白的目光仍專注在工作上。

「第三話的原稿沒問題吧？下個月發行的雜誌會連載吧？」

雜誌是每個月的二十日發行。如果硬是拖到極限，似乎在一個禮拜前入稿就來得及。不過這並不是原來的日程，原本應該一過完年就要完成。

「已經完成。交給綾乃了。」

「啊，這樣嗎？」

「手指受傷……傷好之後，就好好完成了。」

因為真白向空太投以某種期待的眼神，他便抬起身體，轉動椅子面向床的方向。

「這樣啊。嗯……這才是椎名。」

「……嗯。」

「……」

「……」

即使對話中斷，真白還是沒將視線移開，翻著素描本的手也靜止不動。

「幹、幹嘛啊？」

「這樣有符合嗎？」

「咦？」

「空太喜歡的我。」

「什麼！妳喔……」

聖誕夜裡，雖說是因為當下的氣氛，不過還真虧自己能說出那種話來。

——我從那時候開始就一直很喜歡這樣的椎名。

專心致力於該完成的目標，聚精會神追逐目標的姿態……

「回答我。」

空太原本想隨便敷衍帶過的話語，已經被真白封殺了。

「……」

真白正看著自己，以清透的雙眸看著自己。平常眼神裡總是帶著堅強的光芒，現在看來卻有些沒有自信，讓人感覺到她的目光裡帶著不安，雖然這搞不好只是自己想太多了。

所以，空太也只能老實地說：

「有、有符合啊。」

「太好了。」

大概是感到安心了，真白嘴角微微露出笑容。如果不注意看，一定不會發現吧。不過，空太察覺到了。

看到這樣的表情，原本打算封印起來的感情又再度推開蓋子，從縫隙間探出頭來。房間裡面只有兩個人，真白就在身邊，要聊別的話題，並且假裝沒發現自己想觸碰她的心情，實在不是件容易的事。不過，自己已經決定現在還不到那個時候，應該專注在提報上。

「其實妳已經完美到幾乎太過完美的地步了……」

這聲音實在小到讓真白聽不到。不，也許她聽到了。不過無論如何，結果是一樣的。因為雖然真白的表情變得比較柔和，但她又再次埋首於工作了。

不想輸給她的這種想法，也許是不自量力。即使如此，讓身體熱血起來的能源還是由此而生，而這種感覺十分舒暢。

空太再度轉向書桌，操作筆電，將顯示改為連續播放。他一邊說出口，一邊開始準備小抄。用簡單易懂的話來歸納企劃的目的、遊戲的概要、概念、對象與好處等主軸。

如果今天能整理好小抄，明天起就可以請七海或美咲協助提報練習，然後進行資料與說明的修正。

「……不過，這樣就算完整了嗎？」

說出口的疑問，讓空太心中不太舒服。現在所做的準備，只不過是重複上次的作業而已。現在回想起來，總覺得夏天時的提報，與審查員之間的氣氛無法契合。雖然途中發生了腦袋一片空白的意外，但是預定的說明倒也完成了……似乎是完全沒有效果。

「是哪裡出了錯呢……」

真是如此的話，那又是什麼呢？要在腦袋裡尋找肉眼看不見的東西，實在是很困難。

坐不住的空太站起身，開始在窄小的房間裡轉來轉去。想到什麼的時候就停住，覺得還差了點什麼，就又開始走動起來。

途中，真白開口說話了。

「空太。」

「嗯？」

「在模仿猴子嗎？」

「怎麼可能！」

「那是猩猩囉？」

「才不是！」

夾雜著這樣的對話，空太試著思考了約三十分鐘，但還是想不出什麼好主意。

自己一個人思考，也只會往不好的方向下結論。

「這種時候就應該找人商量吧。」

空太要拜託的人，是櫻花莊裡住隔壁的同班同學——赤坂龍之介。雖然龍之介身為程式設計師的實力很可靠，但他也有弱點。報告正是其中之一。雖然擅長與機械對話，卻是個在與人對話方面有許多困難的人物。

不過，也沒有其他可以拜託的人了。

空太打開聊天功能，尋找龍之介的帳號。

很幸運的，龍之介已經登入了。

——赤坂，你現在有空嗎？

——龍之介大人現在正在如此如此、這般這般。

回應的是龍之介開發的自動郵件回信程式ＡＩ，也就是女僕。機能日益擴張，如同所見，連聊天都能應對了。

——正在如此如此、這般這般是什麼意思！

——咦？真是奇怪了。我前幾天看的文獻當中，提到如果覺得說明很麻煩的時候，可以利用這樣的表現，因為人類具備能夠將事物傳達給所有對象知道的機能啊？

——沒有那種方便的機能，而且剛才女僕妳是不是若無其事地說了嫌麻煩？女僕可以怠忽職守嗎？總覺得隨著女僕日益濃厚的人類感，職務上也逐漸追加了可有可無的機能。龍之介到底想做出什麼東西啊？

——哎呀，討厭啦。空太大人真是的。剛剛說的當然是開玩笑的啊。是清爽又高級的女僕笑話，這在女僕界可是常識喔？

——女僕界是什麼啊？不會是冥土界（註：女僕與冥土日文音同）吧？

——先撇開這個不談，您要商議什麼事呢？

——無視我的問題嗎？也是啦。

——由我一邊處理國外產的害蟲所寄來的電子郵件，一邊輕鬆地為您解決。

看來還在跟麗塔拚鬥……

——那我就開門見山的說了。是有關「來做遊戲吧」提報的事。

——您是指提出企劃報告嗎？

——是的。現在正在準備，不過我根本不知道什麼才是好的提報，所以有些煩惱。

——那麼，要不要嘗試改變立場來思考？

——立場？

——如果空太大人站在聽取報告的立場，什麼樣的企劃書、用什麼方式來說明，您才會評價是好的提報？

——原來如此。妳是說改變觀點的意思吧。

——這不僅限於提報，如果是有對象的事務，理解對方的想法將會成為成功之鑰。您應該知道提報的情況該怎麼思考吧？

——很抱歉。為慎重起見，可以再向您確認嗎？

——直接了當的說，最重要的就是加入「對方有興趣的話」。

——啊啊，原來如此。

話說回來，能夠回應到這種地步的女僕性能，真是令人吃驚。應該比空太還要優秀……空太剛到櫻花莊的時候，她明明只是個小笨蛋……

「要談對方有興趣的話……嗎？」

非常有說服力。如果只是單方面傳達自己想說的話，確實是不容易吸引對方的興趣。況且喜好又因人而異。

——日常生活不也是一樣嗎？有共同的嗜好，不但容易交談，也能夠成為朋友吧。相反的，如果要更加了解喜好不同的對象，就會花比較多的時間。

好像可以了解。對於該往哪個方向精進，至少有些概念了。如果順利，報告的內容應該能突飛猛進。

——女僕，謝謝妳。

——這並不是什麼值得您這樣感謝的事。

——不、不，真的很有參考價值。可以的話，我都想給妳什麼謝禮了。

——這樣嗎？那麼，就承蒙空太大人的好意，要拜託您一件事。

——什麼事？

——可以請您飛到英國去，幫我擊沉一個人嗎？

突然來了個很驚人的委託。

——抱歉。我沒有在從事這個系統的工作。

——哎呀，討厭啦。我當然是說真的啊？

——這種時候應該說我是開玩笑的吧！

——期待您的成果報告。

——妳說的應該是指提報的結果吧？

女僕沒有再回應。看來似乎也追加了自動登出的機能。

「最後的那個就當作沒這回事吧。」

空太在心中想著「這樣就好了」，一邊關上聊天功能。

好不容易得到了有用的意見，一定要好好運用。

「對方有興趣的話嗎……」

以這樣的思考方式進行就可以了。接下來是——那是「什麼」。

他「嗚嗚」地呻吟著並絞盡腦汁，拿出筆記本，試著把想到的詞彙或聯想出的單字排在一起。遊戲、企劃內容、有趣程度、對象、概念、好處、遊戲方式、系統、操作方法……不管哪個，都已經寫在企劃書裡了。

空太一邊喃喃自語，一邊持續著這樣的作業約一個小時。

「……還是搞不懂。」

他順著向後仰的力道靠在椅背上。眼角餘光看到的真白，還是以蹲坐的姿勢默默動手畫著。

這時響起了敲門聲，空太將視線轉向房門。

「請進。」

頓了一下，門稍微打開了。從房門露出臉的是優子。

「哥、哥哥，可以打擾一下嗎？」

「什麼事？」

「那、那個……剛剛真是對不起。」

「沒關係，我已經沒生氣了。」

「真的嗎？」

「真的啦。我剛才也不該那麼煩躁。抱歉啦。」

「不會啦。因為優子妨礙到哥哥了，所以不對。可是，那個……有件事想要拜託哥哥。」

「拜託？」

門緩緩地整個打開。

「那、那個……」

不過，她大概還在意著空太生氣的事，說話吞吞吐吐的。

「我真的沒生氣了，也不會對妳生氣，說說看吧。」

「嗯、嗯。你可以教我念書嗎？」

仔細一看，優子胸前抱著數學參考書。

「我有些地方不懂。」

「不會是全部都不懂吧？」

空太調侃似的說道。

「多、多少有些地方懂啦。」

優子鬧彆扭般笑了。

「多少嗎？算了，可以啊。如果是念書，我就幫妳。」

說不定這是很好的轉換心情方法。

「真的嗎？太棒了～～！那麼，就到優子的房間吧。」

優子「啪噠啪噠」地走進房間，拉住空太的手臂。與真白目光對上，仍不忘「嗚～～」地低聲威嚇。

「快點，快點。」

空太被優子拉著手臂，帶出房間。接著，又被帶進隔壁優子的房裡。

而真白也絲毫不吃虧的從後面跟上來，完全不在意空太與優子的視線，面無表情地在優子的床上理出自己的座位。

「為什麼連真白姊都跟來了！」

「因為空太在這裡。」

「真、真是有說服力的理由……」

優子不禁畏縮了起來。

「咦？剛剛那一段哪裡有說服力了？」

看來真白與優子在莫名其妙的地方有了共同的價值觀。

話說回來，空太已經很久沒有進妹妹的房間了。跟以前比起來，幾乎沒什麼改變，仍舊擺了許多的布偶。優子也是從以前就喜歡少女漫畫，所以書櫃被漫畫或雜誌塞得滿滿的。而且，空太對這雜誌有印象。

他伸手拿來翻了一下。錯不了，是刊載真白漫畫的雜誌。

「喂，優子。」

「什麼事？」

「這本，哪一篇漫畫有趣？」

「嗯～～我現在推薦這個。」

優子翻著空太手上的雜誌。打開的頁面，竟然是真白的漫畫。

「是一位叫椎名真白老師的作品。才剛開始到第二話而已，可是畫風真的好漂亮。雖然故事比較粗糙，不過一定會大賣的！」

「這、這樣啊。」

「……咦、咦?這麼說來,真白姊也是一樣的名字呢。」

「那是因為她是這個漫畫的作者。」

「喔～～這樣啊。」

「……」

「……」

優子維持著仰望空太的姿勢,不斷地眨著眼睛。

「咦～～!作者?」

她顫抖著雙唇,發出驚愕的聲音。

「可、可是,咦?不會吧～～怎麼可能……」

「椎名,讓她看看妳的畫。」

真白以眼神回應之後,把素描本翻過來,讓優子看了角色的圖。就連草稿的輪廓都幾乎用實線畫,沒仔細看還會以為是真的原稿。

「真的真的是本人?」

「是啊。」

「好厲害喔!我好尊敬妳!我是妳的粉絲!啊,雖然我喜歡真白姊的漫畫,不過妳會勾引哥哥，所以我不會喜歡妳！」

「妳在說什麼啊？」

「所以，請幫我簽名！」

「哪來的所以啊？」

真白接下優子遞出的筆記本，流暢簽下羅馬拼音的名字，也順便畫上了漫畫的主要角色。

「好棒～～！好快～～！好厲害～～！」

優子非常感動。

「好像在說牛丼（註：日文中好厲害與好吃音同。日本吉野家牛丼的行銷口號為「好快！好便宜！好好吃！」）啊妳。」

「不過，哥哥是不會給妳的。」

「妳到底在說什麼啊？我的所有權是在我手上吧？不是嗎？」

「嗚哇～～太感動了～～好棒啊！不過，哥哥是不會給妳的！」

又是感動、又是威嚇、又是尊敬、又是牽制，優子還真是忙碌。

「喂，優子，妳不是要念書嗎？」

「拜託你了！」

做出行禮的動作後，優子坐到書桌前。空太將摺疊椅放在旁邊，椅背朝前的坐下。真白又若無其事地回到自己的工作上，優子的發言大概也沒聽進去吧。

優子翻開的參考書，意外地有經常使用的痕跡，上頭不僅寫了註解，也有單純的髒污。就空太所知，優子在考試前是完全不念書的。以前就像完全放棄了，即使房裡有書桌，卻連五分鐘也坐不住。

空太若無其事地看了桌上的書櫃。不只數學，就連英語、國語、理科、社會的參考書或入學考試測驗題庫都有，當中大概有一半是以前空太用過的東西。趁著優子解練習題的空檔，空太從書櫃上拿了一本題庫。

順手大略翻了一下，大概都有使用過的痕跡。看來她似乎很認真準備考試，說不定是真的想要念水高。

只不過，看著她與國一程度的練習題苦戰，要考上水高，學力還差得很遠。

大概是因為藝術大學附屬校這樣有些奇特的高校，來自外縣市的考生也很多，競爭率超過往年的五倍。考試共有英語、數學、國語、理科以及社會五個科目，甚至還有面試。

對於精神構造相當幼稚的優子來說，面試也相當棘手吧。

不過倒也沒必要講些消極的意見，在優子的正面情緒上潑冷水。

「喂，優子。」

「什麼事？」

正與數字格鬥的優子抬起頭來。

「水高考試是什麼時候？」

「二月十三日啊。因為正好是情人夜，我會帶本命巧克力去給哥哥的！」

「不要冒出奇怪的詞彙。還有，本命太沉重了，妳拿去給老爸吧。我想他會喜極而泣的。」

空太採取冷淡的態度，以眼角餘光看著默默進行作業的真白。今年一定能拿到家人以外的巧克力吧？察覺到忍不住想著這種事的自己，空太搖了搖頭。

「話說回來，優子，只剩下一個半月，卻還在複習一年級的東西，妳到底要不要緊啊？」

「所以現在要請哥哥來幫我猜考題啊。哥哥也是這樣考上的吧。」

優子滿臉笑容的說著蠢話，空太便對著她的腦門賞了一記切球。

「好痛喔！」

「我那時好歹也還滿用功念書的。」

「咦～～優子從來沒看過哥哥念書的樣子。」

「因為我都是在優子睡了以後才開始念書的。」

這是事實。空太突然想起母親每天幫自己準備宵夜的往事。

「好了，繼續念書吧。」

「明明就是哥哥先跟人家講話的。」

「這一點是我不好。」

對於再度開始與算式格鬥的優子，空太一邊給予提示，一邊將手上的題庫放回櫃子上。

過了一陣子，正在教優子念書的時候，響起了敲門聲。

「請進。」

空太幫優子回應。

原以為應該是母親，結果從房門後出現的卻是七海。看來大概是母親拜託她，只見她正拿著放有宵夜與茶水的托盤。

「可以進去嗎？」

「只有青山會特地這樣問喔。」

七海對此微微笑了。

「那麼，打擾了。」

七海將帶來的托盤放在房間正中央的摺疊桌上，就這樣直接坐在桌子前面，從小茶壺裡倒出茶水。空太茫然看著冒上來的蒸氣，接著不經意地看了時鐘。

「都這麼晚了啊。」

現在已經過了晚上十點。

「肚子餓了就吃吧。」

空太接下七海遞過來的飯糰。因為今天還打算繼續作業，所以這個時間點的燃料補充真是幫了大忙。

酥脆的海苔口感很棒，白飯與芥菜一起炒過的菜飯風味，對空太來說也是很懷念的味道。以前在準備考試的時候，母親常常為自己準備這樣的宵夜。

「好久沒吃到這個了。」

「耶～～謝謝妳，七海姊。」

馬上離開書桌的優子衝向摺疊桌，張著大嘴吃起了飯糰。

「真白也是，如果還沒要睡，要不要吃一些？」

「嗯。」

當注意到的時候，真白也已經放下鉛筆，小口小口地吃著從七海手上接過來的飯糰。「青山不吃嗎？」

「我沒有在這種時間攝取碳水化合物的勇氣。」

聽來有些鬧彆扭的口氣，一定還在意著體重的事吧。雖然看起來明明一點都不胖……

「神田同學，準備得還順利嗎？」

「嗯？好像應該快要順利了。」

「什麼跟什麼啊？」

「剛才跟赤坂……應該說是跟女僕討論之後得到了一些建議。雖然還有個非思考不可的點，不過我有預感，如果想到好主意，應該就會變得順利了吧。」

「喔～～什麼樣的建議？」

「不能只說些自己想說的話，要說審查員想聽的東西。」

「……啊～～原來如此。」

「那麼，跟妳討論一下。如果青山是審查員，會想在提報時聽到什麼樣的內容？」

「我？嗯～～該怎麼說呢？我對遊戲的東西不太懂。」

「不管什麼都好，只要把妳想到的說出來就可以了。我自己也思考過，不過總是在同樣的地方打轉，所以想聽聽不同觀點的意見。」

「這樣的話，我想想看……如果是公司的高層，應該會問會不會賺錢吧？」

「啊啊，確實是這樣。」

因為一心只想著遊戲有趣與否，完全沒注意到這一點。一般而言，當然是給予會賺錢的印象比較好。

最近也在雜誌上的開發者採訪中看到「並不是有趣就會暢銷」的內容……

如果是就商業而言有勝算，對方一定會有興趣。

不過，這是開發者該思考的事嗎？總覺得企劃的有趣程度，或者新鮮感才是原來該有的樣貌，要如何行銷則是另外的問題。

況且，雖然想思考出有趣的企劃，但是一旦考慮行銷的問題，感覺多少會受到拘束。

「……」

「神田同學？」

不，要是因為消極負面的理由而封鎖了可能性，就太可惜了。現在可不是挑三揀四的時候。

更何況如果提報成功了，要作為作品販賣，還是需要努力向使用者傳達企劃的有趣之處吧。

雖然有趣，卻因為識別度低而銷售不甚理想的遊戲實在很多。也許對於提報的審查員而言，提出商業性的設想，其實是再理所當然不過，甚至開始覺得這部分說不定比呈現出作品的有趣之處還要來得重要。

這才是宣傳推銷作品的魅力不是嗎？

「抱歉，我說了什麼奇怪的話嗎？」

「啊，不，反而幫了我大忙。」

這時候能夠聽取別人的意見，真的很值得慶幸。如果只靠自己的頭腦去想，思考一定會偏向某一個方向。

「嗯，我開始覺得應該有辦法了。」

「那就好。」

「這說不定是很不得了的發現。謝啦，青山。」

「哪裡，我覺得只是很一般的事吧？」

如果一直是自己一個人思考著同一件事，就會連很一般的事都看不見。

空太在談話的同時，吃完了兩個飯糰。大概是因為肚子餓了吧。

「我吃飽了。」

「……」

他喘口氣，莫名感受到七海的視線。

「嗯？什麼事？」

「……沒事。」

「……」

「我都說沒事了。」

「為什麼要說兩次啊？」

不管怎麼看，這個態度都是有事的意思吧。七海目光依然朝下，把裝了茶的杯子遞過來。

「飯糰……」

「飯糰？」

「好吃……嗎？」

七海雙眼向上窺探空太，眼神裡蘊含著期待。

「很好吃啊。」

「這樣啊。」

「嗯，很好吃啊。」

「那、那就好……」

「我怎麼覺得一點都不好……啊！該不會只有一個放了大量的芥末吧！椎名、優子，妳們沒事吧？」

「怎麼可能啊！真是的……明明是我特別做的。」

「咦？」

「……是我學了製作方法之後，做出來的啦。」

因為是很熟悉懷念的味道，所以空太完全沒有發現，還以為一定是媽媽做的。

「我媽媽連這種事都讓青山做嗎？真是抱歉。」

「是我自己想做才做的，所以你跟我道歉我也很困擾。況且，如果有了劇本，我也打算請神田同學跟我做甄選的練習。」

「就算不做宵夜賣人情，只要青山有需要，我都很願意幫忙。」

七海聽了睜大眼睛。

「有需要那麼驚訝嗎？」

「為什麼？」

這次她換上認真的表情問道。

「當然是因為希望青山能夠通過甄選。」

「為什麼？」

再度冒出同樣的疑問。

「大概是因為我從一年級開始，就看著青山一路努力過來吧。我知道妳連生活費還有訓練班的課程費用，全都是靠自己打工賺來的。」

空太好幾次看著七海對於班上同學邀約下課後去唱卡拉ＯＫ，或是相約禮拜天去逛街，都只能回答「抱歉」的身影。

就這層意義來說，七海也捨棄了一般高中生的生活，像真白一樣投入。所以希望她能順利，也不想看到她失敗，不然自己一定會受不了。

「要說努力，訓練班的所有人都是如此，並不是只有我。」

「因為我只認識青山，所以當然是支持青山啊。」

「這樣啊。」

「……雖然其實搞不好是為了我自己。」

在談話的過程中，空太心中萌生了某種感情。

「為了自己？」

「或許是希望青山能夠證明，努力一定會有所回報。」

「……」

說出口的時候，空太才發現這是自己的真心話。

「抱歉，我太多話了。」

「不會啦。那麼，也為了神田同學，我非得通過不可呢。」

「首先是為了自己吧？」

「那當然。我是因為這個才努力過來的。」

「我們彼此都加油吧。」

「嗯。」

空太是企劃提報，七海是甄選活動。

「……」

空太感覺到視線而轉過頭去，發現真白正直盯著兩人。飯糰似乎是吃完了。已經先吃完的優子則回到書桌前繼續念書。

「怎麼了，椎名？」

「不問我嗎？」

「咦？」

是指什麼？

「該不會是剛才那個『如果我是審查員』的問題吧？」

「沒錯。」

真白充滿了自信。

「喔，妳有什麼好主意嗎？」

「沒有。」

「妳這樣居然還敢冠冕堂皇的，把已經結束的話題再拿出來講啊！」

「……」

真白突然散發出不高興的氣息。

「剛剛那一段，有讓妳不開心的要素嗎？」

「我沒有不開心啊。」

「明明就一副不高興的樣子。雖然妳不太會表現在臉上，所以不容易發現，但我最近已經開始會辨別了喔。」

「我只是……」

「只是？」

「我也想要一起加油。」

房間突然一片安靜。真白的話緩緩滲入身體裡。

這似乎是很重要的一句話。不過，空太回應的卻是很平凡的感情。

「椎名已經努力過頭了吧。」

「嗯，我也這麼覺得。」

七海表示同意。

「不對。」

不過，與真白的想法不同調。

「什麼東西不對？」

「我想要跟空太還有七海一起。」

「椎名……」

「……」

低著頭的真白，凝視著地板的一點。

「最近有好多我搞不懂的事。」

「……真白……」

七海在空太的身邊，拚命尋找話語。不過，似乎是找不到適切的詞句，只見她求救般將目光投向空太。

「我跟麗塔討論一下。」

「喔、喔喔。」

真白從床上站起身，將素描本抱在胸前，輕聲走出房間。大概是去拿手機了吧。

她前腳剛走，空太的母親緊接著走進房間。

「哎呀，睡著啦。」

還以為是什麼事，一看優子，發現她已經在書桌前豪邁地打起瞌睡來了。而且，連口水都流出來了……

看看時鐘，時間剛過十一點。

「這個時間，以優子來說已經算很晚了吧。」

就空太所知，優子應該每天九點半就睡覺了。

「優子最近都念書念到很晚喔。」

「這樣嗎？」

「每天都念到十二點左右吧。」

「喔～～」

「你不說『怎麼可能！』嗎？」

「只要看過參考書或題庫，就知道她有在念書了。」

看來優子並不是因為空太把真白帶回家，為了與之對抗才說要報考水高的。優子自己應該有想要念這所學校的理由，空太對此並不感到不可思議。

能夠理解她因為生長在那個城鎮，而感受到水高的魅力。因為明明是學校，從旁人眼光看來，也會覺得念那裡的學生們似乎很快樂……況且空太也知道那並不只是表象而已。進入高中後，世界變廣闊了，雖然因為被流放到櫻花莊而受到生平最大的打擊，現在卻連目標都找到了。水高正是如此充滿了刺激的學校。

「不過麻煩的是，爸爸反對優子報考水高呢。」

「為什麼要對我說這個啊？只要媽媽跟老爸說，他一下子就會同意了吧。」

畢竟那個老爸在媽媽面前抬不起頭來。

「你不覺得看得到結果的比賽一點也不有趣嗎？」

有時候真是搞不懂母親。雖然平常看起來總是那麼溫和，卻對任何事都有明確的主見。

「而且，優子拜託的人是空太吧？」

「那妳跟老爸說一聲吧。就說等他有空時，我有話要跟他說。」

「空太從以前就對優子沒什麼抵抗力呢。」

「不要多嘴啦。」

「好、好。」

總覺得媽媽心情很好。

「啊，對了，七海。」

「啊、是。」

空太的母親招了招手，七海應聲並走了過去。

「飯糰怎麼樣？」

「很、很順利。」

兩個人交頭接耳，不知道在講什麼事。

空太看著兩人在眼前講悄悄話，不禁感到坐立不安，便決定叫醒優子。

「喂，優子。要睡覺就去床上睡。」

「嗚～～好睏喔。哥哥要跟我一起睡的話我就起來。」

「少撒嬌了。」

空太「啪」地輕輕敲了她的頭。

「咦～～為什麼？以前明明都一起睡的。」

「跟國三的妹妹能一起睡嗎？」

「討厭啦，哥哥。意識到優子了嗎？」

總覺得優子看來有些開心。

「不，根本沒有任何讓我意識到的要素吧？」

「哥哥明明就還沒看到優子成熟的部分。」

「好，妳已經醒了吧。趁現在去刷牙，再到床上去吧。」

「嗚！竟然使出誘導偵訊，實在太卑鄙了！」

這既不是偵訊，也不卑鄙。

「可、可是，真白姊還在床上……消失了？」

「椎名回客房去了喔。」

這樣看來，今天就到此結束了吧。

空太說了要回自己的房間後，便離開優子身邊。

「媽媽，剛剛的事就拜託妳了。」

「好、好。」

「哥哥，什麼事啊？」

「妳遲早會知道的，就不用太期待的等著吧。」

空太這麼說完，便走出房間。

七海在身後跟了過來。

「妳覺得我太寵妹妹了嗎？」

「總比對她冷漠得好。」

在簡短的對話之後，空太就在房門口與七海分手。

接著打了個呵欠。

但是，今天還有作業要完成，因為好不容易看到了可能性。

空太如此鼓足了幹勁，進入自己的房間時，動作瞬間停住了。

真白睡在床上。她的背拱得圓圓的，睡得很舒服似的發出呼吸聲。靠近胸前的雙手，握著還未闔上的手機，似乎一個翻身就會折斷，看來很危險。

空太從真白手上抽走手機。要闔上手機的時候，發現了短短的簡訊。

——空太好冷淡。

真是令人感到無可奈何的內容。其他還寫了什麼呢？稍微看一下好了。空太心中的惡魔如此呢喃的瞬間，手上的手機突然震動了起來。

「嗚哇！」

空太嚇了一大跳，差點摔了手機。看來似乎是麗塔回信了。因為這樣，改變主意的空太老實地闔上手機，放在床的旁邊。

接著幫熟睡中的真白蓋上毛毯。

「妳看，我一點都不冷淡喔。」

搞不懂在表示什麼的主張，空虛地迴盪在靜悄悄的房裡。

真白依然睡得很熟。

「好、好，來做提報的準備吧。」

空太發現自己一直注視著她的睡臉，便故意發出聲音般，坐到書桌前。

只是，這天因為很在意真白的簡訊，結果不太能夠專心。

2

透過浴室的牆壁，遠遠傳來除夕夜的鐘聲。今年也只剩下幾分鐘了。

紅白歌合戰結束了，就在即將跨年的時候，空太放著正在客廳吃除夕麵（註：日本習俗，除夕要吃蕎麥麵）的其他人，自己一個人跑去洗澡了。

「……該怎麼辦啊？」

空太泡在浴缸裡，即使茫然望著天花板，腦袋仍靈光的運作。

並不是為了準備提報的事而感到煩惱。託女僕與七海的福，空太找到了一個方向，想法也大概整理好了。剩下的，就是重複進行說明的練習，將精確度提高到覺得完美的地步就可以了。

報告的日程是一月七日，所以還有充分的練習時間。

之前像小狗一樣靠過來嬉鬧的優子，也從二十八日晚上開始認真念書準備考試，所以不會受到干擾。優子的家庭教師，也從昨天起由七海擔任。

明明一開始還鬧彆扭的要空太來教，但是與七海一起念書了一個小時左右，她便目光炯炯地說道：

「七海姊搞不好可以讓優子考上水高。」

七海的教法想必非常優秀吧。

不過為了讓優子發揮念書的成果，必須讓父親答應她報考水高。而空太現在所煩惱的，正是這件事。

雖然必須說服父親，但是年末忙得一團亂，沒辦法跟父親說上話。

話雖如此，要真是過完年了，新年又有新年的忙亂，而且母親說過父親四日起要開始工作，看來過年沒辦法悠哉太久。

可以的話，真希望今天除夕就能解決……

「真糟糕啊……」

聽著從天花板彈回來的聲音，突然覺得門前有人的氣息。是誰呢？該不會是真白或優子吧？正當空太開始警戒的時候，傳來父親的聲音。

「空太。」

「幹、幹嘛啊？」

「我進來囉。」

「咦？」

不管空太感到驚愕的聲音，父親打開了浴室的門。

「嗚啊啊啊啊！你在幹什麼啊！」

空太眼前站著全裸而且完全沒遮掩、態度毫不避諱的四十多歲大叔。

「至少前面遮一下！」

「為什麼？」

「因為見不得人的地方被看得一清二楚啦！」

「我的身體沒有哪裡是見不得人的。」

果敢斷言的父親，踩著穩健的步伐進入浴室，在蓮蓬頭前擺好架勢，從空太正泡著的浴缸裡舀起熱水沖洗身體。就這樣，用擦澡的刷子沾了肥皂後，豪邁地搓洗起身體。

「不，等一下，你到底在幹什麼啊！」

「正在洗重要部位。」

「誰叫你實況轉播了！這是幹什麼啦！到底是怎麼回事？我有點難以接受眼前的現實！快告訴我這是一場夢！」

「居然會想作有爸爸登場的夢，你的腦袋沒問題吧？」

「沒問題才有鬼啦！正在惡夢之中啦！」

「不要在浴室裡面大呼小叫的。有回音實在受不了。」

「就算你現在想裝成普通人的樣子，也已經太遲了啦！」

「你到底有什麼不滿啊？多吃點小魚乾。攝取鈣質吧。」

「我對這整個狀況都不滿啦！我為什麼要這麼悲慘跟一把年紀的老爸一起洗澡啊！而且還是在除夕夜！」

「別耍任性了。如果是洗澡，我也寧可跟優子一起洗。可是啊，優子已經拒絕我四年了。妥協再妥協的結果，就只能勉強跟你洗了。」

「勉強的話不如不要進來！真的很噁心耶！我也拒絕你啊！全面否定！」

「別那麼害羞。」

「我會臉紅百分之百都是因為生氣！你也稍微想一下世俗的常識再採取行動吧！」

「你還被世俗這種曖昧的東西要得團團轉嗎？太窩囊了，真是個屁眼小（註：日文指度量狹小、心眼小）的男人啊。」

「不要一邊光溜溜地洗著屁股，一邊說些耐人尋味的話啊！」

「你自己的屁股要自己洗。」

「不行、不行，我已經受不了了！神啊！我是沒辦法克服這層試煉的！」

「別這麼說，這說不定是我跟你最後一次一起洗澡的機會了。」

「你是健康檢查發現了什麼嚴重的疾病，馬上就要暴斃了嗎？請您務必現在就走吧！」

「你在說什麼蠢話？我健康到一個不行。我可是在做胃部X光檢查時，忍不住又要了一杯鋇液，獲得醫生背書『別再來了』的男人喔。」

「那是因為你是大麻煩，所以叫你不要再去的意思啦！你怎麼能解讀得這麼正面啊？話說，你到底在幹什麼啦！算我拜託你，不要再給世人添麻煩了！真丟人。」

大概是對自己不利的話都不打算聽吧？空太的父親開始淋浴、洗起頭來。

總之，他在洗完頭之前變安靜了，所以倒是還好。但是一關掉蓮蓬頭，他居然企圖進入空太正在泡的浴缸裡。

「等一下、等一下，這真的給我等一下！你想殺了我嗎！」

在狹窄的浴缸裡與父親緊貼在一起，根本已經是心靈創傷級的極刑了。不管是如何堅不吐實的嫌犯，也會因為這樣的一擊就招供了。

但是，空太的父親不是這樣就會罷手的人。他將髒兮兮的屁股朝向空太。

「屁股！」

空太實在沒有辦法，便與父親錯身離開浴缸，打算就這樣走出浴室。對，這麼做就好了。為什麼之前沒這麼做呢？早點走出去不就得了？空太因為父親突然登場而失去了冷靜。

「你要去哪裡？空太。」

「我要出去啦！」

「你不是有話要對我說嗎？我聽媽媽是這麼說的。」

「啥？不，等一下，你是因為這樣才進來的嗎？」

「別管那麼多，趕快說吧。」

「我想要離開浴室之後再說。」

「給你一個人生的教訓吧。」

「洗耳恭聽？」

「機會是不等人的。要是拿自己還沒準備好當藉口，而讓眼前的機會溜走，下一個機會是絕對不會到來的。」

「可以的話，希望你這段話能等我們彼此都穿著衣服的時候再說！」

明明說了很棒的話，卻整個掉漆了。

「我要說有關優子的事。」

「女兒是不會給你的。」

「我是你兒子耶！跟你要有血緣關係的妹妹幹什麼！」

「……」

「咦？這沉默是什麼意思？」

「……不。」

「幹嘛把眼神別開？該不會我們其實沒有血緣關係之類吧？我有這種隱藏的身分設定嗎？」

「很遺憾的……」

「不會吧！」

「你是我跟媽媽的孩子。」

「不准說很遺憾！我才要覺得遺憾吧！啊，不過，你剛剛說了『你是』對吧？該不會，優子她是……」

「沒錯。」

「……怎麼會？」

「她是我跟媽媽的孩子。」

「讓我揍你五、六拳吧！」

「太多了，算便宜一點吧。」

「可不可以不要對我的憤怒殺價！話說回來，能不能也把我當兒子好好對待？」

「男人不要講這麼噁心的話，這種事要我說多少次啊？」

「進浴室來才比較噁心吧！」

「結果你到底想說什麼啊？完全摸不著你的主題。」

父親一副受不了的表情。

「為什麼會變成好像是我的錯啊……不對，是有關優子的考試。」

「……」

「看來她也很認真在念書，讓她報考水高又有什麼關係呢？老實說，以那傢伙的學力也很難通過考試啦。」

「……」

「要是考了卻沒過，優子也能服氣吧？這麼一來，她就一定得念這裡的高中，老爸你不也比較安心嗎？」

「……」

「喂，老爸。」

「看來你多少有些長大了。」

「咦？」

如此說著的父親，不知為何視線朝向下面。

「你在對哪裡講話啊！」

「對著兒子啊。」

「算我拜託你，趕快去死吧。」

「你這是對爸爸講話的口氣嗎？」

「對兒子說更誇張的話的人是你吧！」

「我剛剛不是稱讚你了嗎？」

「這世上哪有兒子會因為被父親稱讚那個地方而覺得開心的啊！我要是倉鼠，早就因為壓力而死翹翹了！」

「你這樣是打算搞笑嗎？」

「在這個已經可笑過頭的狀況下，我幹嘛還要惹你發笑啊！」

別理他了。空太這麼想著，轉而坐到蓮蓬頭前，壓了一下洗髮精的瓶子，「啪唰啪唰」地洗起頭來。

「喂，空太。」

「……」

「喂，兒子。」

「……」

「你希望我怎麼叫你？」

「問題不在這裡！話說，你有什麼事啊？」

「哪一個女孩子是你的本命？」

面對這突如其來的問題，空太猛烈地咳了起來。洗髮精也流進眼睛裡，痛得不得了。

「問這什麼像是班遊晚上會問的問題啊！」

空太的父親完全不理會他的反應，繼續說道：

「那個綁馬尾的……青山小姐嗎？媽媽好像很喜歡她喔。」

「ＳＴＯＰ！現在馬上停下來！」

「不管是誰，我覺得只要當事人覺得好就好了。」

「我不是叫你停下來了嗎！」

「但是就算這樣，我還是反對一夫多妻制喔。」

「你是想叫我搬到那樣的國家，然後歸化國籍嗎！」

「嗯，也是可以。」

「可以嗎！那就不要拿出來當話題。」

「話說回來，你差不多已經決定將來的出路了吧？」

「……」

「怎麼樣？」

看來，這似乎才是父親的正題。

「……雖然現在的成績看來，要直升水明藝術大學有些困難，但我的第一志願還是水明。」

因為早已決定好了，所以空太立刻回答。

「如果沒辦法直升呢？」

「那我就以一般考試報考水明的媒體學部。」

「落榜的話呢？」

「……就算這樣，我還是想去念。」

如果要重考，勢必得先回老家來吧。應該會是這樣。

「……」

父親什麼也沒說。

「不行嗎？」

如果考慮到學費跟生活費，家裡接濟應該也不輕鬆。

「如果不行，我就自己打工，總會有辦法的。因為不管怎樣，我本來就覺得必須打工了。」

看著七海，就知道自己有多麼依賴父母。這個寒假期間，七海因為被趕出宿舍而沒辦法打工，還感嘆著生活費很吃緊。空太還沒嘗過這種苦。不過因為現在有想做、想嘗試看看的事，所以即使變成那樣而產生障礙，一定也能夠克服。

「你既然都決定了，那就沒問題。想做什麼就去做吧。打工也無所謂。不過，學費的事不用擔心。你……不，你跟優子的學費，我還賺得來。」

「……咦？老爸？」

「我不說第二次。」

雖然東拉西扯了那麼多，看來父親還是很用心在思考優子的事。空太覺得這部分應該老實地尊敬他。

「不過，優子大概沒辦法考上水高吧。」

「我也這麼覺得。」

父親沒有回答，只是一臉茫然叫了空太的名字。

「喂，空太。」

「幹嘛啊？」

「我泡到頭昏了動不了。救救我吧。」

「剛剛居然有一瞬間覺得你帥呆了，先跟我的純情道歉！不然我不會救你。」

「先喝酒果然是失策嗎？」

「不要在喝醉酒的狀態下進來洗澡！」

「別說蠢話了。哪有父親不借酒勁就能跟兒子談話的！」

「不要一副了不起的樣子說出很窩囊的話！」

之後，為了將父親抬出浴室，空太在肉體上及精神上都受到了莫大的打擊。

這個經驗，大概一輩子都忘不了吧。不，是已經烙印在腦海裡，要忘記根本是不可能的。

「空太。」

「幹嘛啊，你還有什麼話要說嗎？」

「新年快樂。」

「我根本就沒那個心情迎新年啦！」

就這樣，新的一年到來了。

3

一月六日。從昨晚就冷得厲害，即使太陽露臉了，也完全沒有溫度回升的感覺。吐氣都變成白煙，身體因冷空氣而縮了起來。會有這樣的感覺，大概也受到現在來到的參拜地點影響吧。

空太一行人今天下午要離開福岡，也事先買了新幹線的票，所以決定上午先出門去做新年的第一次參拜。

在太宰府站下車的空太等人，走在剪票口出來一直延伸下去的參拜道上。

即使已經過了三箇日（註：指元月1日至3日期間），參拜者依然很多，一不小心就會走散。一路上移動緩慢，原本只要十分鐘即可抵達的本殿，已經花了二十分鐘卻還到不了。終於，看見鳥居了。六日都已經是這樣的景象了，如果是元月一日，可能連前進都有困難吧。

因為考慮到還有真白跟優子在，選擇今天來參拜是正確的。

話說回來，還真是難走。不過空太會這麼覺得，並不只是因為人多而已……

「喂，椎名。」

「嗯？」

「手給我放開一點。」

走出車站之後，真白就一直緊黏著空太的右手。

「優子放開的話，我可以考慮看看。」

接著空太把目光移向左邊。像猴子布偶一樣掛在手上的，正是優子。

「她這麼說喔，優子。」

「真白姊放開的話，我就考慮一下。」

「她這麼說喔，椎名。」

「要是我不見了，空太也無所謂嗎？」

如果在這人群裡走失就完了。

「好，絕對不要放開我喔。」

「優子也要！哥哥也對優子說嘛！」

「不過就是走失了我會很麻煩的意思啦！」

因此，空太的右邊還是緊黏著真白，左邊則是優子。

「那我也要！嘿！」

伴隨著吆喝聲，柔軟的物體貼在空太背上——是美咲。雖然離原來的狀態還差很遠，不過已經以新年為分界點，一點一點逐漸恢復精神了。昨天她還與優子進行了吃年糕大胃王比賽，獲得了壓倒性的勝利。

美咲落在空太脖子上的呼吸令人發癢。掠過鼻頭的髮絲，散發出舒服的香味。

「學、學姊，請趕快下來！」

當然，空太的聲音都變調了。

「啊～～美咲姊好奸詐喔。優子也要人背！」

「神田同學真是受歡迎啊。」

把臉別開的七海，看來心情不太好。

「妳為什麼看起來有所不滿？」

「因為我的確感到不滿。」

這也難怪了。

「別人的幸福有這麼令人憎恨嗎？」

「你果然覺得很幸福啊。說的也是，要是跟上井草學姊貼得那麼近，似乎就會有很多令人開心的事呢。真低級。」

壓抑著表情的七海眼神冷漠。

「不，等等，不是那樣！剛剛是弄錯了！這種狀況不管怎麼想都是不幸吧！」

「誰知道。」

七海把臉撇開。

「小七海，學弟的前面還空著喔。妳就抱上去吧。」

「……」

「青山，為什麼妳還真的想了一下？」

「沒、沒有啊，我才沒有想著那種事呢。」

「如果妳真的有在想，那我可沒有今天平安完成參拜，然後回到櫻花莊去的自信啊！」

好不容易穿過參拜道，空太等人終於來到本殿。走在參拜道時就覺得同一輩的參拜者很多，真不愧是太宰府天滿宮。畢竟是考生的最強夥伴。

空太一行人決定五人排成一列參拜。

站在旁邊的優子很認真地合掌。不用問也知道，一定是在祈求能考上水高。

雖然覺得向神明拜託太勉強的事不太好，不過姑且還是以「雖然是很厚臉皮的願望」作為開場白，祈求優子考試合格。

另外還有……

——希望青山的甄選順利。

很用力的這麼拜託。還有一個……

——希望美咲學姊打起精神。

這個也好好祈願了。

接下來，空太等人往本殿旁的商店移動，將位置讓給後面的參拜者。

這時，空太察覺自己忘了重要的事。

「啊，完了。」

「怎麼了？」

七海露出不解的神情。

「我忘了祈求提報的事了。」

「沒問題的。」

這麼說的人是真白。

「什麼沒問題？」

「我已經幫你求了。」

「真、真的嗎？」

空太感到有些意外。

「嗯。」

畢竟她是真白，不會為自己祈求漫畫連載順利吧。要是問她原因，她應該會說「這種事靠自己想辦法就好了」。

「我也幫神田同學祈求了。」

七海小小聲地說。

「謝謝妳們啦。」

雖然覺得很不好意思，但還是打從心裡感到高興。

「嗚……優子也應該幫哥哥祈求的。明明是個賺取哥哥點數的絕佳機會耶……」

「如果是為了那種邪門歪道的理由，就大可不必了。」

「大受打擊！哥哥點數減少了……」

「我也幫優子考試的事祈願了。」

「真的嗎？謝謝妳，七海姊。那麼，哥哥呢？哥哥有幫優子祈求嗎？」

「有啊，雖然覺得很過意不去。」

「為什麼？」

那當然是因為這個願望太亂來了。

「如果是赤坂，一定會說有閒工夫祈願的話，倒不如多背一個英文單字來得有建設性……之類的吧。」

突然想起住在櫻花莊隔壁房間的室友。赤坂龍之介基於與真白不同的理由，也和這種地方格格不入。

「我也覺得他會這麼說。」

七海一臉露骨的厭惡表情。

那麼，接下來該做什麼呢？正當空太這麼想的時候，優子拉了他的手。

「哥哥，我想要那個。」

優子跑向籤筒旁的繪馬（註：向神明祈願或還願時獻給神社、廟宇的小許願板）。

「反正機會難得，就來寫一下吧。」

眾人在商店裡，依人數買了五張繪馬。

「您要在這裡寫嗎？」

「是的。」

「那麼，那邊已經準備好筆了。」

跟著巫女的指引，空太一邊將繪馬分給每個人，一邊移動。

率先拿筆的優子，以大大的字寫了：

——水高合格！

在她旁邊的真白在繪馬上畫了優子的肖像。她知道繪馬是做什麼用的嗎？不，總覺得她應該不知道。反正現在說明也來不及了，空太決定保持沉默。完成的優子肖像，令人感覺真不愧是真白，擁有壓倒性的高超技術，用簽字筆一次就能畫成這樣。應該說是真的很厲害，厲害得叫人害怕。

七海則以漂亮的字跡寫著……

——希望能通過甄選。

空太的則是……

——希望優子能考上水高。

倒也不是想學真白，只是覺得企劃報告的事必須靠自己想辦法。這次要好好地做，不會再失誤了。然後，絕對要呈現出結果……空太不是祈願，而是將自己的幹勁化為誓言。

同時，最後拿筆的美咲也寫完了。

「哥哥，我們去掛上吧。」

一行人移動到本殿後面，發現那裡掛了許多繪馬。

「好驚人的數量啊。」

滿滿一整排的繪馬，到底有幾張呢？這景象實在壯觀。稍微看了一下，果然還是以祈求考試合格的壓倒性居多。

祈求自己考試合格、小孩子考試及格，甚至還有學校老師祈求全班同學合格。這似乎有點像在拍偶像劇。

「哥哥，這裡。你就掛在優子的旁邊吧。」

優子正想照她所說，把兄妹倆的繪馬掛在一起時，手臂突然被拉住。是真白。

「空太要在我的旁邊。」

「優、優子先說的。」

面對面的真白與優子，因為莫名的固執而迸出激戰的火花。

「好了、好了，不准吵架。」

三張繪馬，依照真白、空太、優子的順序排成一列。這麼一來，兩人都是在空太的旁邊，應該沒什麼好抱怨的了。

沒想到這兩個人還是一副無法接受的表情。

空太無法再繼續跟她們攪和下去，便開始尋找七海與美咲的身影。

七海似乎決定掛在稍微有點距離的地方，神情認真地雙手合掌。

美咲則是帶著溫和的表情掛著繪馬。她到底寫了些什麼呢？如果是平常的美咲……

——希望世界和平。

總覺得她會這麼寫。

空太有些在意，於是走到美咲身旁。

接著從旁看了她的繪馬。

——希望仁考試合格。

可愛的字跡與滿溢的情感一起躍上繪馬。

空太胸口一陣抽痛。不只是疼痛，而是尖銳地刺痛著。

即使哭得那麼難過，美咲還是祈求了仁的幸福。

對於她那勇敢的姿態，空太感到胸口一陣揪緊。

參拜的時候，美咲一定也祈求仁能夠考上——

而不是為自己祈求……

「雖然不用我祈願，仁也一定會考上就是了。」

抬起頭來的美咲笑容，令人感到於心不忍，因為她是在強顏歡笑。

「我有些能夠理解仁學長的心情。」

「學弟？」

「因為美咲學姊很厲害。在文化祭一起做喵波隆的時候，我就這麼覺得了，心裡還想著，之後也要再做那樣的東西。」

「那就一起來做啊。」

「不過，我希望自己下次能夠更發揮作用，或者該說是想為作品做些什麼。就像美咲學姊或椎名那樣……」

「……」

「但是因為我現在還沒有那樣的實力，所以要朝夢想前進，去經歷各種事，並且挑戰、學習……希望下一次就能辦到以前做不到的事。」

「我已經等不下去了。」

這是美咲貨真價實、毫無虛假的心情，一字一句都那麼痛。不過，要閉上嘴避開傷痛是很簡單的，所以空太即使擦出傷口仍繼續往前進。

「我也想到會是這樣。」

「我只是想跟仁在一起而已。只要能跟他在一起就好了，只要我們心中的感覺一樣就好了。如果仁不喜歡，我也可以不做動畫。」

「學姊！」

「怎麼了？學弟？」

空太緊握的拳頭因憤怒而顫抖著。不過，他拚了命的壓抑住。

「那種話，請絕對不要對仁學長說。」

仁的夢想是跟美咲一起製作很棒的東西。美咲是仁的目標。

「要是自己追求的東西，卻被已經擁有的人輕易捨棄，叫人情何以堪。」

「……」

「妳忘記麗塔的事了嗎？」

麗塔是真白很重要的朋友。她緊跟在真白後頭，努力想要追上她，卻因此受到深刻的傷痛……

「小麗塔……」

美咲緊緊閉上雙眼思考，再度抬起頭時，露出有些寂寞的笑容。

「這樣啊。說的也是。」

「就是這樣。」

「對不起，學弟，我說了謊。」

「咦？」

「其實我根本就沒辦法不做動畫，就是會忍不住想製作啊。因為做動畫很開心。」

多麼簡單的理由啊。而這份簡單正是美咲的堅強所在，也是她的才能。知道自己喜歡什麼、知道做什麼事會感到快樂，也知道那對自己來說有什麼樣的意義。雖然很簡單，卻意外地困難。

「現在也是……好想趕快回櫻花莊去做動畫。明明聖誕夜之後一直想著仁……但我的腦袋裡，滿滿都是那邊的效果要加重、下次要試試用雙路立體聲錄音之類的——……」

「這種開心的事，仁學長一定是想由你們兩人一起努力做得更好，而不只是單方面接受刺激而已。」

「……」

不知道空太的話美咲是否聽進去了，她只是直盯著自己寫的繪馬。

過了一會兒，美咲開口了。

「那個，學弟。」

「是？」

「我可以幫仁買個祈求合格的護身符嗎？」

「要是能交給他就好了。」

因此，兩人必須再次面對面。

「……我會試試看的。因為我除了仁以外誰都不要。」

對美咲而言，這份感情與製作動畫一樣，一定也是為了很簡單的理由。正因如此，才無法放棄、無法不想他。

將願望託付在繪馬上的空太等人，陪著說想抽籤的優子再度回到本殿前。優子、真白、美咲、七海、空太依序抽籤。

真白與美咲漂亮的拿到了大吉。

「人家只抽過大吉耶。有放其他的籤嗎？」

美咲還說了這種駭人聽聞的話。

「當然有放啊！」

空太將「吉」的籤拿給美咲看。

「好棒喔，學弟。這是稀有道具呢。」

「請不要這麼認真的感到佩服！」

順便一提，七海抽中了小吉，說著「算了，差不多都是這樣吧」便莫名接受了。

最早提出要抽籤的優子則是一臉灰暗的低著頭。這也難怪，因為就某意義上來說，她抽中了最稀有的凶。從旁偷看到籤詩的內容，並沒有寫很不好的事，只寫了些學業、健康與戀愛都沒什麼大礙等字眼。

「上面寫念書最重要的就是日積月累的努力喔，優子。」

「我並不想聽這種理所當然的言論啦。」

「不然妳想聽哪一種理論？」

「像是一定會考上之類的？」

「那就是異常現象了。」

「哼～～」

空太把手放在鬧彆扭的優子頭上。

「……哥哥。」

「嗯？」

「謝謝你跟爸爸說。」

優子突然以一本正經的表情這麼說，實在讓他覺得不好意思。

「沒什麼……並不是因為我去說了，而是老爸本來就打算答應妳。」

「嗯，不過，還是謝謝你。還好哥哥是我的哥哥。」

「什、什麼跟什麼啊……」

空太搔著臉頰別開視線，總覺得很難為情。

「身為哥哥這是理所當然的吧。走吧，去把籤紙綁在樹上吧。」

「啊，等一下啦。」

將籤紙綁好的空太等人在離開太宰府之前，到本殿後方並排的茶館買了名產梅枝餅吃。

「真好吃呢。學弟，有機會再來吃吧。」

「如果不是當天來回的旅行，我就陪同。」

以前曾經有過為了吃章魚燒而被帶到大阪，還有為了吃拉麵而飛到札幌去的經驗。那種硬幹的行程，與其說是旅行，還不如說是懲罰遊戲絕對要來得恰當。在空太旁邊的七海，大概是想起了被帶去長崎吃什錦麵的事，露出一臉厭惡的表情。

離開茶館之後，空太等人在回家的路上吃了優子發現的「合格漢堡」當作午餐。那是種烤得酥鬆的漢堡麵包，裡面夾著以雞排為主的漢堡，雖然是第一次吃，卻十分美味。

吃完午餐之後，空太看了看錶，已經差不多是該去博多車站的時間了。

一邊哄著似乎還玩不夠的優子，空太等人為了搭乘新幹線準備前往博多站。這麼一來他們也將離開福岡了。

搭了約三十分鐘的電車，抵達博多站，與將行李及貓咪小町載到車站來的母親會合。

另外也收下了許多伴手禮。明太子、大腸鍋料、土產小點心……雙手塞得滿滿的。

「在年末年初這個忙碌的時期，承蒙您的照顧了。」

七海有禮貌地向空太的母親致意。

「承蒙您的照顧了。」

真白也接著說。

「承蒙了。」

最後是美咲。

「別這麼客氣。託大家的福，度過了一個愉快的新年。隨時歡迎妳們再來玩。」

「別、別再來了～～」

躲在母親背後的優子，小小聲對真白說著。

「啊，對了、對了，空太。」

「什麼事？」

「爸爸要我傳話。」

「他說『是男人就該負起責任』。」

「什麼責任啊！」

「還有，『下個月優子要考試，所以會去你那邊，到時候就拜託你了』。」

「我本來就這麼想了。話說回來，你們打算讓優子一個人來嗎？」

「有空太在，應該沒問題吧？」

都這麼說了，也不能說不行。

「我是覺得沒問題啦。」

只是，如果讓優子住在櫻花莊的那個房間，應該沒辦法專心考試吧。背起來的東西似乎也會一晚就全忘光了。應該有必要先跟千尋說一聲，雖然如果是家人應該沒關係……

「還有，媽媽也有一句話要說。」

看來很開心的母親，向空太招了招手示意他過來。

「什麼事？」

「不用管那麼多，耳朵過來。」

空太無可奈何，只好向母親靠過去。

「如果是選媳婦，媽媽比較喜歡七海喔。」

「妳、妳在說什麼啊！」

「哎呀，你不喜歡嗎？」

「與其說不喜歡，應該說是青山不願意吧。」

「那麼，如果七海不會不願意，空太你會怎麼做？」

「……」

「七海又會照顧人，又善解人意，媽媽覺得她是可愛的好女孩喔？」

完全就如同母親所說。空太與青山很聊得來，在很多方面也容易有共鳴，而且她又很可靠，跟她在一起會覺得很放心。不過，她其實也有脆弱的一面，卻努力不讓別人發現，這些空太也都知道。

「空太是怎麼想的呢？」

「這個……」

同班的女同學。不過，應該不單是這樣，她還是個與自己感情很好的同班同學，也在櫻花莊裡一起生活。她為了成為聲優而努力，空太想支持她的夢想，也認真地希望她能實現。不知道像這樣的存在，到底應該稱為什麼。

「媽媽想說的，只有這樣。」

空太的母親拍了他的肩膀，並將他推出去。空太回過神來，發現自己剛好站在七海旁邊。

「神田同學的媽媽說了什麼？」

「沒、沒什麼。」

因為剛剛母親說了奇怪的話，所以空太莫名意識到注視著自己的七海。

「真的什麼事都沒有啦！」

「神田同學，你怪怪的喔？」

「沒、沒那回事。」

「空太很奇怪。」

連真白都插嘴了。

「一點都不怪啦！」

空太的母親一個人笑咪咪地看著拚命否認的空太。

「好了，新幹線的時間要到了。」

空太說話忍不住快了起來。動搖的樣子太明顯了。

七海再度行禮表示感謝照顧。母親輕輕揮手回應，優子則對真白「呸～～」地吐了舌頭。

美咲走在前面通過驗票閘門，七海跟在後面。空太讓真白先走，自己再接著通過閘門。

優子似乎還在說什麼，不過被人潮阻擾，空太只能回頭輕輕揮手回應。

「這麼一來，寒假也結束了呢。」

這麼說的七海側臉，看得出些微的緊張。一定是在想著下個月的甄選吧。

空太也在進入新幹線月台的時候，轉換了自己的心情。

明天是一月七日，第三學期的開學典禮。不過對他而言，並不只是第三學期開始的日子。開學典禮之後，最重要的挑戰正等待著他。

開始時間是下午四點。遊戲企劃甄選「來做遊戲吧」的提報審查。

想得到的準備都做了，也已經重複練習了好幾次，剩下的就是完美地完成正式報告。

空太如此下定決心時，察覺到自己走在月台上的腳顫抖著。

不過他對此並不覺得丟臉，也沒有焦躁感。

他只是靜靜對心中萌生的情感如此說著：

——又是你嗎？

它的真面目，就是幾乎侵蝕身體的緊張感。睽違四個月的再會，空太對此感到些許懷念。而對於能這麼想的自己，此時的空太有些樂在其中。

第三章 名為提報的惡魔

1

一月七日，新學期開始了。開學典禮及回家前的導師時間結束之後，空太來到美術科教室接真白。

原本打算與平常一樣走在筆直延伸的走廊上，但步伐卻有些不自然地僵硬。他的臉色不好，表情也沒什麼精神。

今天早上開始就一直這樣，身體感覺輕飄飄，也沒有自己身體的實感。總覺得體重至少少了一半。

這種緊張感並不是用「自己多心了」這樣的理由就能夠帶過的次元。就連骨髓，還有每一滴血，都害怕著接下來等著自己、名為提報的惡魔。

大概是昨天還很從容，甚至想著面對這樣的緊張感有些開心。但現在回想起來，對於自己的愚蠢真是感到羞愧。

過了一個晚上，壓迫身心的壓力都明顯變大了。

剛剛離開教室的時候，還讓趕著去打工的七海真的擔心了一下。

「神田同學，你的臉色不太好喔？」

「沒事啦。只是在害怕而已。」

原本打算半開玩笑的笑著回答，但是看到七海一臉遺憾的皺著眉頭，空太的表情應該也非常微妙吧。

他硬拖著無法順利控制的身體，終於能勉強在走廊上前進。

「都已經做好充分的練習，剩下的只要照練習來就好了。」

心裡雖然很明白，但是湧上來的緊張感卻有增無減。

「練習已經能毫無失誤的進行了。」

所以正式報告的時候也能做到。為了讓這次的提報呈現出成果，也為了展現與上次什麼都摸不清楚就結束的情形不同的自己，不得不做到。

好不容易來到美術科教室，裡面一個學生也沒有。看來導師時間已經結束了。

「真白在美術室。」

聲音從走廊那邊傳來。不用確認身影也知道是千尋。

「應該不是第一天就開始實習了吧？」

今天應該只有開學典禮跟導師時間而已。

在千尋旁邊的，是與她多年孽緣的現代國語老師白山小春。大概是導師時間結束，正要回教職員室吧。

「是大學那邊過來商量，說想把真白的畫作……放到幾號館來著？反正就是要裝飾在某個大廳裡。」

「椎名同學真是厲害呢～」

不知道小春的感想有哪些是真的。

「喔～」

現在已經不會因為有這種事找上真白而感到驚訝了。反而是原本世界知名的天才畫家真白，會在櫻花莊與空太等人一起生活，很平常地讀著日本的高中，這才比較不正常。

「對了，老師，澳洲怎麼樣啊？」

昨天因為剛從福岡回來，長途旅行累了，所以也沒時間好好聽她聊。

「伴手禮是什麼？」

「居然向老師要伴手禮，你到底從父母那裡受到了什麼樣的教育？」

「現在回想起來，應該是斯巴達式教育。」

自己察覺到隨著年紀增長，家人也一點一點地在改變。

「應該說，我的事情不重要。千尋老師的澳洲呢？」

「那個，你們兩位，所謂的澳洲是指什麼事？」

在旁邊聽著的小春突然提出疑問。兩人平常總是在一起，小春怎麼會不知道千尋的寒假規劃呢？或者應該說，空太原本以為沒有男朋友的千尋，一定是跟小春去旅行了，因此實在感到有些意外。

「千尋整個寒假都在日本吧？參拜也是跟我去的，還祈求今年一定要找到結婚對象呢。」

「啊？」

小春又講了更多莫名其妙的話。

「小春該不會在作夢吧？」

「真是的，為什麼要撒這種謊呢？」

「老師，這是怎麼回事？」

大概是覺得沒辦法再抵抗了，千尋露骨地咋舌。

「因為出了點差錯，所以就沒去了。」

「咦？什麼跟什麼啊！」

真的嚇了一跳。

「這樣的話，我根本就沒必要把椎名她們帶回家吧？」

「真是所謂的徒勞無功呢。學了一課吧。」

「原來如此，是那樣吧？老師很痛恨我嗎！討厭我嗎！我到底做了什麼？」

「我既不痛恨你，也沒討厭你。」

「我無法接受！請至少給我明確的理由！」

「千尋，妳該不會還沒講那件事吧？」

對於小春無意的一句話，空太雖然心想是什麼事，倒也沒特別在意。不過，看見千尋的表情緊繃，神情變得銳利，讓空太覺得有點不對勁。

「所謂還沒講的事，是指什麼？」

「說些還沒決定的事又能怎麼樣？」

「老師？」

這並不是回答空太的疑問，而是對小春說的話。千尋的口氣似乎有些焦躁。

「不過，那也是遲早的問題吧。」

小春像平常一樣回應。兩人無視空太的存在，所以他完全被排除在對話之外。

「到底是怎麼回事？」

即使如此，空太還是緊咬不放。

「到目前為止，跟你沒有關係。」

「如果以後可能會有關係，請現在就告訴我。」

這樣就可以先做好心理準備。

「那個，神田同學。」

「小春，別多嘴。」

「她都這麼說了，神田同學。」

小春被千尋銳利的眼神瞪著，故意露出困惑的表情。

「神田，你今天不是要提報嗎？只要專心想著那件事就好了。」

「喔。」

總覺得不像平常的千尋。她有時會在櫻花莊裡喝到爛醉、搞得一團亂，但是不曾有過像這樣神經緊繃的氣氛。

「好了，趕快回去吧。」

雖然有些在意，但是看來就算死纏爛打、窮追不捨，她也不會講吧。從千尋身上感覺得到這樣的意志。

況且，正如她所說，現在應該專注在提報上才對。

「那麼，我先走了。」

「神田。」

「什麼事？」

「別想要做得很完美。」

「咦？」

因為太突然了，空太沒有馬上反應過來這句話是針對什麼。不過，在眨了幾次眼的同時，就察覺到千尋是在說提報的事。

但是，卻又覺得好像有點不協調。

「啊，好的。我會全神貫注的努力。」

「不行，你完全搞不清楚。我是在叫你不要努力。」

千尋留下這麼一番話，便帶著小春走了。

「既然這樣，為什麼不用更淺顯易懂的說法呢？」

空太下意識在腦中反芻千尋的話。

——別想要做得很完美。

這是什麼意思呢？

——我是在叫你不要努力。

完全搞不清楚。當然是非努力不可啊。正是為了這個，所以就連在福岡時，也把過年的時間都花在準備工作上了。這次一定要做好萬全的準備，為了完美的企劃提報。

「算了，反正說不定也沒什麼大不了的意思。」

再怎麼說，她也是櫻花莊最引以為傲的懶惰教師。空太不再放在心上，往位在別棟的美術室走去。

空太在美術室前面，與一群貌似大學相關的人員擦身而過。當中有人將一幅大大的畫框抱在腋下，那大概就是千尋所說的，要裝飾在某大廳的畫作吧。

空太將頭探進教室，發現只剩下真白還在裡面。

她孤單地淺坐在教室角落的椅子上，專心地看著漫畫。那是大約兩年前非常暢銷，甚至還製作成動畫的少女漫畫。雖然並不是太奇怪的景象，但總覺得有些不太協調。

雖說是新手，真白好歹也是在月刊上連載的漫畫家，就算看漫畫也不奇怪，還能夠從別人的作品當中學到東西吧。但是，像這樣默默埋頭專心閱讀的樣子，其實這還是空太第一次看到。平常真白幾乎是不看漫畫的。

然而她今天一早就看起了漫畫，就連上學途中目光也完全沒離開過，所以是由空太拉著她到學校的。從早上還有現在的狀況看來，開學典禮跟導師時間，她大概也一直在看漫畫吧。證據就是今天早上她看的是第一集，而現在她手上拿的則是第七集。

「椎名，回家了。」

「……」

「喂，椎名。」

空太又叫了一聲之後，真白站起身來，不過還是沒從漫畫上抬起臉來。空太沒有辦法，只好抓住她制服的手肘部分，帶她離開美術室。

「為什麼會突然想看漫畫啊？」

「學習。」

「是綾乃小姐說的嗎？」

該不會是在空太不知情的狀況下，責任編輯跟真白連絡了吧。

「是麗塔的建議。」

「啥？」

這麼說來，之前她確實說過「要跟麗塔討論一下」。

「學習什麼東西啊？」

「不能跟空太說。」

「被這麼一說，就更令人在意了呢。」

「空太。」

「什麼事？」

「你知道情人節嗎？」

對於這突如其來的問題，空太在樓梯上停下了腳步。走在後面的真白撞上空太的背。

「那個會讓人忍不住思考起自己的存在價值的日子怎麼了嗎？」

雖然是非常卑微的回答，但如果對那個日子沒什麼美好回憶的人，大概就是如此吧。龍之介的話，應該會說那是全日本被巧克力公司的行銷策略耍得團團轉的日子。跟那個比起來，自己的回答還算好。

「知道就好。」

「我覺得全日本不知道的大概就只有椎名吧。」

「……」

「沒在聽……」

英國應該也有情人節吧。不過之前在電視上還是哪裡看過，每個國家情人節的意義有很大的差異。

來到一樓，空太發現了一個熟悉的背影。

躲在走廊柱子後面的人是美咲。她正在偷看鞋櫃那邊。

「美咲學姊，妳在做什麼？」

空太出聲叫了美咲，她嚇得肩膀抖了一下，回過頭來。

「什麼啊，原來是學弟啊～～害我嚇了一大跳。」

「……學姊也會有受到驚嚇的時候啊？」

明明是個存在本身就讓人驚嚇的奇人……

「學弟，你把我當成什麼了？」

「地球外的生命體之類。」

「以外星人的角度來看，地球人也是外星人啊。」

終於冒出了承認自己是外星人的發言。

「空太。」

這時，真白出聲了。她筆直看著柱子的另一邊，是剛剛美咲偷看的方向。

「怎麼了？」

「仁在那邊。」

空太理解了事情原由，也從柱子後面探出頭來。仁就在那邊，不過不是一個人。他跟學生會長……不對，是跟前學生會長在一起。兩人已經換好鞋子，正在聊天。不，看來似乎是前學生會長單方面在抱怨。

「三鷹你趕快回家去。」

「沒關係。我也要等皓皓。」

從意外的組合當中，聽到了意外的名字。不過雖說是名字，也只是綽號而已。「皓皓」是美咲獨立製作動畫時，負責配樂的朋友。在文化祭時製作的「銀河貓喵波隆」，也是這位音樂科三年級生協助，提供了從極具魄力的ＢＧＭ到細節的效果音。空太還沒見過本人。

「你們兩個趕快躲起來！」

兩人被美咲抓住衣領。之後，從裡頭傳出聲音。

「從剛才開始到底怎麼回事？有人在那邊嗎？」

前學生會長注意到空太等人躲藏的柱子。

「噗呱──噗呱──」

大概是想蒙混過去，美咲突然發出奇怪的叫聲。

「為什麼這裡會有牛蛙啊！」

空太小聲喊著。像這種情況，一般都是貓或老鼠。雖然不管是哪個，在學校都沒看到過……不過至少應該比牛蛙的可能性要高。

「如果是模仿牛蛙，我有自信不會輸給任何人喔。」

「那種自信給我扔到水溝裡去！」

已經吵成這樣了，不得不有人走出去。而美咲似乎不想走出去，真白又不可能收拾得了，剩下的選項就只有一個。空太輕輕嘆了口氣，裝成正要與真白放學回家的樣子，出現在仁與前學生會長的面前。

「啊，仁學長。」

仁對這聽來很刻意的發言露出了苦笑。他應該早就察覺在柱子後面的是空太等人吧。畢竟都認識這麼久了，光靠聲音就認得出來。

「兩位現在正要相親相愛的回家嗎？」

聽到仁這麼說，空太與真白看著彼此。

「我們並沒有相親相愛……」

「是正要相親相愛的回家。」

空太與真白同時說出相反的話。接著，又互看了對方的臉。

「別在這裡說相聲了，今天早點回去吧。你不是還要提報嗎？在這裡打混摸魚沒問題嗎？」

「話是這麼說沒錯……不過有必要的魚還是會摸一下。」

空太故意選了別有涵意的說法，暗指要仁想一下美咲的事。

不過，會因為這樣亂了陣腳就不是仁了。

「真是堅強啊。還以為你已經緊張得全身僵硬了呢。」

「正如同您所期待的，從今天早上開始，我的身體都輕飄飄的。」

「光是你的緊張感沒顯現出來，就已經做得很不錯了。」

「仁學長，你不回櫻花莊了嗎？」

空太眼角餘光瞄了前學生會長。兩人目光對上，空太反射性地輕輕點頭致意，對方則露出複雜的表情。一定是想起了文化祭時的事。

「嗯。我已經決定了，在我考完試之前都要寄住在學生會長……不對，是前學生會長的房間裡了。」

「喂，不要擅自決定。你不是說只有寒假期間嗎！」

「啊，那麼我現在說了，請多關照囉。」

「才不要！」

「你不用擔心，如果你把皓皓找來房裡，我會很識相地到外面去的。」

「誰、誰在擔心這種事了！而且，我跟沙織根本就……」

從對話看來，沙織應該就是皓皓的本名吧。

「聽說連手都還沒牽過？」

「那、那是……」

這時，空太又與前學生會長視線對上，被惡狠狠地瞪了。就算敵不過仁，也用不著這樣遷怒到別人身上……

「從你的反應看來，已經牽過手囉？」

「我、我沒有義務要一一跟你報告。」

「原來如此，已經到接吻的程度啦。」

「……！」

把臉別開的前學生會長連耳朵都紅了。看來是被仁說中了。

「抱歉，總一郎。讓你久等了。」

這時，一位女學生小跑步過來。輕軟的短髮上戴了一個大大的耳機，手腳纖長，以女孩子來說屬於高挑的身形。眉清目秀、五官端正，空太心想真是個道地的美人。

「什麼嘛，三鷹也在啊。」

走過來的女學生，一看到仁就露出厭煩的表情。

「皓皓眼裡只看得到總一郎啊。」

「那當然啊。因為他是我的男朋友。」

「她這麼說喔，總一郎。」

「別叫得那麼噁心，三鷹。」

「他這麼說耶，皓皓。」

「我不是在對沙織說！是對你、對你！你明明就很清楚，為什麼老是要這樣調侃我啊？」

「一定是因為你馬上就生氣反駁吧。」

空太忍不住插話。就這情況看來，眼前的美女顯然就是皓皓。同時，空太也想起前學生會長的名字是館林總一郎。

這位皓皓注意到空太，並盯著他看。

「啊，我是……」

「神田空太同學，這位是椎名真白同學吧？」

知道天才畫家真白還可以理解，會認識空太倒是令人感到意外。

「我聽美咲說了很多你們的事。」

很多事到底是指哪一類的事？

「呃，我是神田空太。初次見面……皓皓學姊？」

「我叫姬宮沙織。以後就叫我姬宮學姊。」

端正的五官配上不高興的表情，有種不容分說的魄力。看來最好不要問「皓皓」這綽號的由來比較好。

「呃、啊，好的。姬宮學姊。」

「妳好像很討厭皓皓這個綽號呢。」

「不管我講幾遍，你跟美咲還不是一直這麼叫我。」

「因為我想既然美咲還是這麼叫妳，就表示妳不是真的很討厭吧。」

「……才、才沒那種事呢。」

即使這麼否定，沙織還是一時語塞。

「那麼，沙織可以回家了嗎？」

「對不起，總一郎。關於留學的事，我還有話要跟老師談，你先回去吧。」

「這樣的話，我在這裡等妳。」

「不用了啦。天氣這麼冷。」

「畢業之前就算多一天也好，我都想要跟妳一起回家。」

前學生會長把視線別開小聲地說。空太對他只有果敢堅定的印象，所以現在看在眼裡感覺十分新鮮。

「皓皓畢業後要到奧地利去留學。」仁向空太如此解釋。

「……嗯，我知道了。我會儘早回來的。」

「沒關係啦。和老師慢慢談吧。畢竟是很重要的事。」

「謝謝你。那麼，我去去就回來。」

沙織輕輕揮手，便小跑步離開。

「真是兩小無猜啊～～」

「你要是再繼續挖苦，我就不讓你住我家囉。」

「我沒有在挖苦你啊。」

完全看不出來。

「不然，你那是什麼態度啊？」

「我是覺得很羨慕。」

「……」

前學生會長彷彿要探究仁的真意似的沉默了。

「我其實也想談個像你們一樣的戀愛……」

仁抬頭仰望入口外廣闊遙遠的天空，像是陽光太過炫目般瞇起眼睛。不過，外頭並沒有陽光，今天的天空滿滿都是烏雲。

「開什麼玩笑。」

「我沒有在開玩笑，我是說真的。」

「我不是那個意思。」

「不然是什麼意思？」

「我是說，對擅自放棄、只會羨慕別人的你覺得很火大。」

「前學生會長這麼率直這點，真是不錯啊～～就是有這種會罵我的人存在，所以像我這樣的人也能繼續活下去。」

「又說些敷衍的話。」

雖然前學生會長這麼說，但空太覺得仁說的是真心話。因為他一直認為，就算仁所說的不完全是事實的全貌，但是在其中某處一定藏著自己的真心話。而關於這一點，現在也一樣。

「那麼，我先回去了。我會做好飯等你回來的。」

仁朝著背後揮揮手，獨自跨步走了出去。

「三鷹。」

「嗯？」

「你沒有鑰匙吧？」

對著走出去的仁，前學生會長將鑰匙呈拋物線丟出。仁單手接住鑰匙，嘴角浮現笑容，接著便嚷嚷著好冷好冷，兩手插進口袋裡，混入其他學生之中，消失在延伸到校門的路上。

留下的是空太與真白，還有前學生會長。

「沒事的話，就趕快帶著牛蛙下課回家去吧。」

前學生會長這麼說完，便像是要避開風口般往樓梯邊的自動販賣機走去。看來是要在那邊等沙織。

空太往後面的柱子轉過頭去，發現帶著些許不安表情的美咲像小動物一樣探出頭來，兩手在胸前很珍惜地握著某個東西。那是在福岡買的祈求合格護身符，大概是想交給仁。不過，因為發生了聖誕夜那件事，所以就連上前攀談都做不到。

「學姊也一起回去吧。」

「嗯。」

美咲慢吞吞地從柱子後面走出來。

換上了鞋子，三個人一起走出去。

「皓皓學姊……不對，姬宮學姊真是個漂亮的人呢。」

「嗯。」

「而且還跟前學生會長在交往啊。」

「是啊。」

「好多讓人驚訝的事。不過，最讓我嚇一跳的……」

空太一邊走一邊將目光轉向前學生會長待著的自動販賣機方向。從這邊已經看不到人了。

「那個人……居然會知道那是在模仿牛蛙啊。」

光是這點就已經不是泛泛之輩了。

2

呼吸很淺。即使深深吸氣，窒息感也沒有消失。當然，就算把襯衫上的領帶鬆開，情況也沒有好轉。

穿過地下鐵的剪票口，穿著西裝的空太一步步確認著階梯，拚了命試著調整呼吸。

只是不管步伐怎麼緩慢，不論如何反覆地深呼吸，都完全沒有效果。這也難怪，因為並不是覺得呼吸困難。氧氣十分充足。

踏上長長階梯的最後一階，拖著彷彿不是自己的身體走到地面上時，空太硬逼自己做好心理準備，抬起頭來。

開學典禮之後，回到櫻花莊的空太稍微提早吃了中餐，最後又做了一次提報的練習之後就來到了會場。

迎接走上平地的空太的，是目的地遊戲公司的本部大樓。像這樣正面迎擊，已經是睽違了四個月的事。

上一次是夏天即將結束的時候。在冬季來到這裡一看，不知道是街上行人身上衣服的關係，還是空氣的不同，總覺得印象有些不一樣。

不可思議的是，建築物看起來比記憶中的還要小。

「這應該不是我變大了，而是記憶擅自把建築物變大了吧。」

空太抬頭看著辦公大樓，對自己乾笑了起來。如果不像這樣刻意演出獨角戲，身體就快要被賴在肚子裡不走的緊張感給吞噬掉。

看了手機上顯示的時間。下午三點四十五分。約好的時間是四點，所以早了一點。

正想找地方打發個五分鐘，手中的手機震動了起來。

畫面上顯示有簡訊。

想要操作鍵盤，手指卻無法靈活運動。當然，並不是因為寒冷的關係。

空太一邊告訴自己沒問題，一邊打開簡訊。

寄件者是七海。

——雖然搞不好會造成你的壓力，不過我還是想跟你説。

文章到這裡就斷了，不過下面還沒結束的樣子。空太一行一行地向下捲動，在按了五次按鍵之後，來自七海的留言又露臉了。

——加油！

就這麼一句話。看到這句話，空太緊咬下唇。接下來才正要開始而已，眼頭卻一陣熱。

正因為是彼此約定要加油的對象，所以這句話才讓人如此開心。並不是像風涼話一樣的「要加油」，而是包含了「因為我也會加油」的意思，所以才會覺得能夠努力下去，要一起加油。

來自七海的簡短聲援，溫柔地觸碰了空太心中重要的那一塊。

雖然只有一些些，但身體的懼怕較緩和了。

空太用著仍不聽使喚的手指回傳簡訊。

——看我的！

堅定用力的打著文字。

——這種話在簡訊裡才說得出口。

不過，在換了好幾行之後，附加上這句話後寄送出去。

畫面上長了羽翼的信件圖案拍動著翅膀，投進了郵筒。

看到信件送出之後，空太不等待回信，直接走向大樓入口。既然對方是七海，一定會貼心地不再傳訊過來吧。剛才那封簡訊，一定也是煩惱了很久，幾經考慮認為不要寄出比較好，卻還是有想說的話，所以才下定決心傳給空太的吧。實在是很像七海的作風。

獲得了挑戰勇氣的空太，踩著穩健的步伐穿過大樓入口。對於過來打招呼的警衛，空太也有了輕輕點頭致意的從容。

把脫下的外套掛在手臂上，站到詢問處前。迎接空太的是三位接待小姐。

「承蒙您的關照，我叫神田空太。今天是為了『來做遊戲吧』的企劃提報審查而來。」

雖然講得有點快，不過第一個字並沒有吃螺絲。光是這樣就讓人先鬆了口氣。今天的目標是零失誤的完成報告。這個招呼也不能輕忽。

「哪裡，我們才承蒙您的照顧。現在馬上就請承辦人員過來接您，可否請您在後面的座位上稍等？」

詢問處的小姐指著空太背後的座位。接著空太在訪客名冊上寫下名字，將換到的入館證掛在脖子上。

依照對方指示，在身後的座位上等候。

挑高的大廳具開放感，向上仰望則感覺視野寬闊，十分漂亮。但上次來的時候完全沒有發現。因為極度緊張的關係，應該看得到的東西，也全都看不見了。

即使現在回想起來，記憶模糊的部分還是很多。

大約等了三分鐘之後，曾見過的女性職員出聲叫了空太。是上次來迎接空太的人。

「您是神田先生吧？」

「是的。今天要麻煩您了。」

「哪裡，敝公司才要麻煩您指教。那麼，請容我帶您到現場。」

使用入館證通過類似驗票閘門的出入口，接著搭上會隨著抵達樓層發出高級鈴聲的電梯後，直接被帶到二十五樓。

到這裡為止都與上次相同，所以並不特別感到驚訝。

踏上二十五樓的地板，被帶到寫著七號的會議室。這是準備提報者的等候室。

不過空太進去的時候，會議室裡沒有任何人。

「可以麻煩您在此稍候一下嗎？」

「好的。」

空太一點一點地緩緩吐氣，坐在離門最近的椅子上。他靜靜閉上眼睛，在腦海裡重複報告最開始的部分。

先前已經在車站上過廁所了，所以沒有問題。

不知道過了五分鐘還是十分鐘，光就體感完全無法得知。

只是會議室的門從外側打開，男性職員探出頭來，因此空太想應該輪到自己了。

「神田先生，雖然您才剛到，不過不好意思，要麻煩您開始報告了。您準備好了嗎？」

都被這麼問了，如果能說「請再稍等一下」就不用那麼辛苦了。

「好的。」

空太簡潔回答後站起身。

女性職員目送空太離開。空太緊緊地跟在男性職員的背後，避免在並排著許多會議室的樓層迷路。

他輕輕吐氣，集中注意力，讓自己的心變得敏銳。接下來要開始了。

沒問題的。做了很多的練習，已經練得很順暢了。這次一定能做好，一定要做到。全神貫注，集中精神。

「這邊請。」

在男性職員的引導下，通過提報會場的門。

這裡是與上次不同的會議室。空太察覺到這件事，向橫坐成一列的審查員點頭致意「請多指教」，並移動到設置在正面螢幕旁的筆電後。

抬起頭的那一刻，突然驚慌失措了起來。房間好小。審查員感覺就像在眼前，連表情都看得很清楚，至於成員是否跟上次一樣倒是不太確定。雖然認得坐在中央的代表社長，以及這次也坐在右邊角落的遊戲開發者藤澤和希，剩下的三個人則無法跟其他大人區別。

這樣的距離，連審查員的些微反應都看得到。

對於出乎意料的事態，空太馬上就覺得不妙，帶著慌亂的心吞了吞口水。

視野變得越來越狹窄，腦袋也開始白茫茫地混濁了起來。這種狀況更讓空太感到焦躁，心中越來越紛亂。

總之，要先說點話。應該能夠藉此掌握自己的狀態。

「我是神田空太。今天煩請多多指教。」

聲音完全變調，幾乎到了無可蒙混的程度。希望至少取笑自己也好，但審查員們卻絲毫不為所動。

空太完全喪失了向前看的勇氣，連忙低頭致意。這時，他的額頭敲到了麥克風。

「叩」的沉重聲音，迴盪在被寂靜包圍的會議室裡。

大概是實在受不了了，審查員的其中一人輕聲地噗嗤笑了出來。是藤澤和希。

「藤澤。」

坐在中間的社長以沉穩成熟的聲音指謫。

「對不起。因為我是第一次看到真的有人的頭會敲到麥克風。真的存在這樣的人呢。我目擊到寶貴的畫面了。」

和希捧腹大笑，社長僅用眼神就讓他閉上嘴。

空太覺得丟臉得臉都快噴出火來了。臉部實在熱到發燙，一定連耳朵都紅通通了吧。

好不容易才得到雪恥的機會，別說想要完美了，光是一開頭就這樣跌得滿頭包。明明連企劃內容都還沒開始說明……

這樣一來，自我評價的滿分很快就沒了。

不過，不能在這裡就感到氣餒。

空太抬起目光，不可思議的是，視野居然比剛才更清晰了。

白茫茫的混濁腦袋裡，霧靄也逐漸散去。

——別想要做得很完美。

突然想起千尋的話。

那個指的該不會就是這回事吧。俐落、帥氣、無懈可擊——想要這麼做，並且不犯任何過失，卻反而成為壓力，結果招致失誤。

相反的，有了些許失敗，卻想著「算了，這也沒辦法」而不當一回事，便不會因為些微的失誤就打亂自己的步調，能夠放輕鬆地挑戰自己的目標。

說不定是因為這樣，千尋才會說那種話。

「怎麼了嗎？」

大概是對於空太陷入自己的思考感到擔心，坐在社長旁邊、戴著眼鏡的男性出聲問道。他的年紀大約四十多歲吧。

「啊，抱歉。我沒事。」

這次空太很正常的發出聲音了，聲音也沒變調。

反正已經拿不到滿分了。這麼一想，有些部分反而能夠逆向思考。

空太向前方說道：

「那麼，請容我開始說明『RHYTHM BUTLER』的企劃內容。」

空太自然地將手伸向滑鼠，點了一次。雖然手指頭還不聽使喚，但他甚至覺得，只要能動也還好。

顯示在螢幕上的企劃書，從封面切換至第一頁。那是記述企劃概要的頁面。

「首先，介紹本企劃的概要。」

沒問題，聲音有出來。雖然有些顫抖，不過這也在預料之中。

「類型是節奏動作戰鬥遊戲。關於這是什麼樣的東西，簡單來說……就是配合音樂節奏，在剛好的時機按下按鍵，操作角色就會攻擊敵方，給予打擊。在一首歌曲結束之前擊敗敵人，就是遊戲的目的。」

空太依然看著筆電的畫面繼續說明。

「影像與音樂的融合演出，是本企劃的特徵。若將玩完一首曲子的影像重新播放，感覺就像完成了帥氣的宣傳影片。」

接著跳到企劃書的下一頁。

「對象是從國高中生到大學生為中心，但是因為操作很簡單，所以我想應該不管哪個年齡層，不分男女都能玩。」

稍微有些沉著從容的空太，把視線移到投影銀幕上。

「不過，我想主要對象還是國高中生到大學生。理由是因為，這個年齡層對於本企劃的特徵『影像與音樂的結合』應該會感興趣。」

使用雷射筆強調企劃書上動畫網站的關連文章。

「近幾年，因為智慧型手機或行動終端、可攜式音樂播放器等能輕鬆下載檔案的行動商品需求廣泛，不管在任何場所都可以享受『影像』與『音樂』。我自己當然也是，對於較年輕的世代來說，視聽動畫網站已經成為日常生活的一部分了。」

這個要素是空太得到女僕在方向上的建議，並且參考七海的想法，自己再思考之後才追加的內容。

不知道這是否是正確解答。要等到報告結束才會揭曉。

「可以在自己喜歡的時間觀賞、使用者可以留下評論、不論是誰都可輕鬆上傳動畫等，都是其特色。尤其是任何人都可以成為提供者的要素，以及使用者之間可透過評論間接進行溝通討論，我想這是吸引許多人的重要原因。個人認為，這個特色與本企劃有非常高的契合性。因為可以藉由上傳玩遊戲的實際畫面，獲得表現自我個性的一個機會。接著，如果影像與音樂都很棒，會吸引更多的評論，點閱瀏覽人數必然會增加，不知道此遊戲的人也會開始注意……也就是，將可以得到高度的宣傳效果。」

說到這裡，空太稍微停頓了一下。

接著——

「我認為由這樣的社會狀況來思考，本企劃蘊藏著獲得許多使用者的可能性，因此做出了這樣的提案。」

目光對上就會緊張，所以空太只是無意識地將視線朝向五位審查員。不知道到底獲得了什麼樣的反應，全部的人都板著臉。

「依據上述的情況，請容我就企劃內容做詳細的說明。」

現在想這些也無濟於事。要回顧反省，等結束之後再來做。到目前為止都能夠順利的說出話來，這應該是無數次發出聲音進行練習得到的成果。如果只是在腦海裡想，絕對沒辦法像這樣說出口。所以，相信自己所累積的東西，相信自己至今的努力吧。

繼續進行下一頁。乍看之下，承襲以往對戰格鬥遊戲般的影像顯示在銀幕上。

「如同一開始所說的，玩家的目的在於配合節奏打倒敵人。不過，要怎麼樣打倒敵人，就全看玩家了。在進行節奏動作時，使用按鍵的選擇權在玩家身上。例如，按○鍵，就會以『劍』來攻擊。使用×鍵會釋放『魔法』。△是發動『踢技』，□則是可以用『身體撞擊』將對方打飛。也就是，可以只用○鍵，完全利用『劍』來打倒敵人，也可以分別使用四個鍵，首先用『劍』砍，再利用『踢技』讓敵人飛起，接著立刻使『魔法』追擊空中的敵人，趁其落下時再以『身體撞擊』打擊對方等……玩家可以自由自在的組合這些連續攻擊。這個連續技的組合正是本企劃的樂趣所在，可以配合音樂，享受自己的『帥氣的攻擊法』、『吸引人的方法』。」

以真白幫忙畫的說明圖顯示連續技的模樣。利用這個圖，應該能夠一看就清楚內容。

「像這樣，確定連續攻擊之後，給予敵人的打擊就會增加。」

企劃書中以粗體字強調「確定連續技則能給予重大打擊」。

「另外，以特定的順序按下按鍵，有節奏地確定連續技，就能夠發動『必殺技』。比方說，如果有以○○○×△的指令來發動的必殺技，就會以『劍』攻擊三次，接著釋放『魔法』，以『踢技』將敵人打飛至空中，在這之後，就會有豪華的追加攻擊『必殺技』。」

頁面中央跳出「決定必殺技！」的文字，旁邊則畫了遊戲主角以巨大化的劍砍擊被打到空中的敵人。

「還有比必殺技更強力的『超必殺技』，這個也是依據按下特定的按鍵而發動。因為是以比必殺技更為豪華作為賣點，所以不論節奏動作是否成功，角色都會自動打擊出豪邁的連續技。不過，這期間的節奏動作還是有其意義，將會影響超必殺技的最終打擊點數計算。當然，成功的次數越多，打擊點數就越大。」

一口氣說明到這裡，空太緩緩地吐了口氣。

「順便一提，如果節奏動作失敗，將會遭到敵人的攻擊，玩家角色的體力也會減少。如果失敗太多次，導致體力變零則算失敗，就Game Over了。雖然有些瑣碎，以上就是遊戲本篇的內容。接著，請容我說明其他要素。」

資料前進一頁，叫出關於角色組合的項目。

「遊戲中使用的角色，可依玩家的喜好變更長相與裝備。武器也準備了數種，比方說『劍』與『槍』，將可享受完全不同氛圍的戰鬥。」

繼續進行接下來的要素說明。

新感覺！暢快的節奏動作戰鬥！
自由重組發動技或魔法！
華麗地展現自己原創的連續技！
搭配節奏
在恰好的時機按下按鍵！
斬擊！
踢擊！
節奏動作
成功的話！
魔法！
決定
必殺技！
完成連續技
即可使出超豪華的必殺技！

「另外，也考慮到了能讓多位玩家合作進行遊戲。這是為了讓節奏動作難度較高的音樂，也能以部分分擔的方式使操作更簡單，同時讓朋友之間可以單純地一邊嬉鬧一邊玩樂所準備的。」

空太先將積在喉頭的口水一次吞嚥下去。

到了這個時間點，剩下的說明也不多了。

「設定上是以電子網際網路世界為假想，程式錯誤或病毒則是怪物，也就是作為敵人的存在。而為了抑制其繁殖並加以討伐，玩家便操作角色來進行戰鬥的意象。」

正面的大銀幕上，完整地呈現出表現世界觀的想像圖。因為是真白幫忙畫的，只有在這個時候，五位審查員才一起抬起頭來。

真不愧是真白的畫。在今天的報告當中，現在這一瞬間最能打動審查員的心。空太現在已經有了在心裡偷笑的從容。

「最後請容我整理本企劃的概念。」

這也是企劃書的最後一頁了。

「『搭配酷炫的音樂，帥氣打倒敵人的暢快感』是本企劃的主題。另外，也可以藉此在使用者內心植入『爽快感』，同時讓玩家產生『想讓別人看看』的慾望，因而創造出『個人與個人的聯繫』。也就是以『玩得開心』、『只看也很開心』的遊戲為目標。」

空太的目光從銀幕上移開，將身體轉正、面向審查員。

「以上是『RHYTHM BUTLER』的企劃說明。感謝各位的聆聽。」

他靜靜地低頭致意。就這樣花了些時間深呼吸一會。

該做的都做了。雖然剛開始因為莫名的緊張而犯了可笑的失誤，不過也因為這樣而得以放鬆，不像上次進行到一半就腦袋一片空白。

自我評價相當不錯。不對，雖然與預想的無懈可擊不一樣，不過倒是覺得這樣也算完美了。現在的自己大概沒辦法做得比剛剛更好。

如果有所不足，那就必須在更根本之處加強自己的潛力。

空太面向前方，準備回答問題。

「……」

最先映入眼簾的是坐在中央的社長。只見他緊緊閉著眼睛，兩手交叉在胸前一動也不動。周圍的其他人，包含藤澤和希在內，似乎都在等社長第一個發聲。

上一次被這位社長直接了當告知不合格。大概是受到心理創傷了，空太的視線就是會忍不住別開來。

心跳加速，連心臟都感覺疼痛，甚至還聽得到噗通噗通的聲音。這沉默感覺好沉重。如果沒有提問，希望能夠儘早告知結果。不過，要催促對方告知結果也太可怕了，實在辦不到。空太直到現在，嘴裡才開始乾渴了起來。

社長當然不會知道空太的心境，突然如此開口：

「藤澤。如果要在你那邊做，開發費用要多少？」

「為什麼平白無故這麼問？」

雖然是感到困惑的口氣，和希的表情卻與剛才沒有太大不同，洋溢著看似親切的溫和氣息。

「回答我。」

「雖然不是正確計算出來的製作費，不過如果由我們這邊來做，含除錯的費用在內，希望至少有個一億吧。」

輕鬆的態度，說出口的卻是莫大的數字。

「……」

如同字面上所描述，空太張開的嘴完全闔不起來。

在這樣的空太面前，坐在社長旁邊戴眼鏡的男性如此補充：

「如果下載一次以五百圓計算，需要二十萬次的下載，因此並不實際。」

同時將不知寫了什麼的紙條傳到社長面前。

「如果要做穩賺不賠的生意，也可以考慮做追加付費的下載項目，再從那邊回收開發經費。雖然回收比較花時間，但就企劃的性質，新曲目、新武器、新衣服都足以作為買賣吧。尤其是新曲目。雖然會有必然不得不將對象改變為核心層的缺點。」

對於和希的提議，社長皺起了眉頭。

「沒想到你現在也會說出以買賣為優先的發言啦。」

「我只不過是提出一種可能性而已。因為感覺二子社長好像對什麼有點在意的樣子。」

「如果是拿到外面去做呢？」

「應該會以一千萬做試玩評價版、七千萬做正式版吧。但是不管給誰做，對方大概都會不高興。」

或許是早已做好準備，和希立刻回答。

「試作就要花上一千萬，現在真是奢侈的年代啊。」

「就是說啊。畢竟我那個時候，全部預算加總也才一千萬呢。」

總覺得他說得很含蓄。

「藤澤，你想說什麼就直說吧。」

「不，只是對於那個靠開發者的毅力解決經費問題的美好年代……覺得有些懷念而已。而我也很感謝讓我擁有那種經驗的二子社長。」

「兩位可以到此為止嗎？」

戴眼鏡的男性帶著非常不愉快的表情插嘴，目光瞥了瞥空太。大概是認為這些事不適合在外部人員面前說吧。

「那麼，如果是以整套包裝來販售呢？」

「關於音樂的使用費要如何處理呢？」

戴眼鏡的男性加以確認。回答的人是和希。

「如果要允許將遊戲畫面上傳，音樂就必須是為了本作全新創作的。這也是為了解決版權問題，因此應該不需要在意使用費如何處理。反過來說，如果使用了版權不在自己身上的音樂，使用者的行為就會變成違法上傳了。」

社長對此點了點頭。

「這麼一來，就營業額能算出來的，應該是以一套兩千兩百圓來計算比較妥當。採算分歧點大概是四萬五千套。要在我們這裡通過預算，需要的銷售目標大概是十萬套吧。」

聽了戴眼鏡男性說的話，社長彷彿思考般望著天花板。

接著，視線落在空太的企劃書上，清楚地說著：

「還不差。」

並不是遊戲的內容受到誇獎。至少對於這一點，空太很快就理解了。社長嘴角的笑容，說明了他正樂在其中，包含了現在正在討論的這個狀況。

被丟在一旁的空太什麼也沒辦法做，只能茫然站著。

對話中斷的這個時候，響起了敲門聲。

走進來的是戴眼鏡的女性職員。她一進來便以很抱歉的態度向社長報告：

「社長，很抱歉打擾您的談話，不過接下來的行程……」

應該是社長秘書吧。

「我知道了。」

社長以手示意，打斷秘書說話。接著，秘書便退到門邊。

「可以的話，是不是應該把結果告訴他了？他從剛才就一副不知道自己該怎麼辦、感覺很困惑的樣子。」

這麼說的人是和希。如果已經知道這一點，真希望他能早一點出手幫忙。

「神田先生，今天非常感謝您寶貴的企劃報告。」

「是、是的。我才要感謝您在百忙之中抽空聆聽。」

「很遺憾，結論是今天的企劃要由敝公司出資是有困難的。」

「……是的。」

果然沒有那麼簡單。雖然聽了剛才的對話，總覺得看到了一絲希望，不過聽起來就知道要花不少錢……

「不過，如果神田先生不介意，是否可以由我們的人員來協助，調整企劃內容呢？」

「咦？」

「也就是說，有一半合格了。」

和希對張著嘴感到驚訝的空太如此說明。

「社長，時間……」

秘書很不好意思似的插嘴。

「我知道。藤澤，剩下的就交給你了。」

「交給我嗎？」

社長沒有理會和希的抗議。

他迅速地站起身。

「神田先生，很抱歉今天如此匆忙，我先告辭了。接下來由留下來的人員向您說明。」

「啊，好的。」

輕輕行禮致意後，社長、三名審查員及站在門邊的秘書陸續離開會議室，只留下藤澤和希。

「真是的，二子社長也真是個麻煩的人啊。都已經那麼忙了，差不多該把『來做遊戲吧』的審查工作交給底下的人了。」

和希立刻以輕鬆的口氣抱怨起來。

「那麼，該從哪裡說起呢？首先確定神田同學的意思。你覺得如何？」

「那、那個，在這之前我有個疑問。」

「好的，什麼問題？」

「協助調整指的是什麼？接下來要做些什麼事？」

空太對於出乎意料的情況，腦袋還跟不太上。

「啊，說的也是。自己知道的事就以為別人也知道，這是我的壞毛病。呃～～這幾年遊戲開發費用飆漲的事，我想神田同學你也知道。」

「是的。」

「這也影響到企劃甄選的部分。老實說，參加的企劃幾乎都是因為預算方面的問題而沒有通過。」

大人一臉認真地對空太說明。真是不可思議的感覺。

「我那個年代大約一千萬就可以製作。正因為當時那樣的預算就夠了，所以也會一時興起而採用提供點子的參加者製作遊戲。」

「所以現在不能那麼做了。」

「是的。你知道嗎？最近就連手機用的遊戲，如果用心製作都需要兩千萬圓的經費。」

「那、那麼多嗎？」

剛才雖然對一億的數字嚇了一跳，不過兩千萬也相當驚人。當然，因為一時興起就花一千萬圓也很亂來……

「時代不同了，像十年前那樣，預算不夠的部分靠氣勢來想辦法解決的話，實在是說不出口了呢。」

這時和希苦笑了起來。大概是想起自己當時的情形吧。

「再加上遊戲的銷售數量並不是只要增加開發費用就行了。」

「是的。」

「因此，即使看了來參加甄選的企劃，也幾乎都是製作了就會賠錢的東西。」

「……」

「當然，甄選存在著評價遊戲有趣與否的大前提，所以並不打算要求企劃書連ＢＰ……連商務計畫都沿襲下來。因為由外部的人來看，不可能會知道什麼樣的作業要花多少錢。不過如果是同業，光看遊戲的份量就大概知道了。」

「原來如此。」

「所以近年對於有未來性的企劃，會以由我們來協助數字部分的方式進行。就企業而言，會先套用在能核算盈虧的形式後，再於主題審查會上提出，決定要不要編預算……也就是說，要求將企劃構想做成上市計畫。」

「能夠通過的話……」

「會在兩個月至三個月左右的期間進行試作。也就是用來審查實際做成遊戲時，是否與所想的企劃內容一樣有趣的評價版。」

「那麼，如果並不有趣……」

「有可能結束計畫，也有可能延長約一個月的時間繼續進行試作。」

「……」

「不用現在就想得那麼嚴肅。」

「說、說的也是。」

「然後，如果試作評價版獲得了繼續進行的指示，就開始進入到正式版製作。這樣有回答你的疑問了嗎？」

「是的。非常感謝您。」

和希說的十分淺顯易懂。

「啊，對了、對了。畢竟企劃是神田同學做出來的，如果編列預算了，製作形態將依據神田同學的意思來做，所以請放心。我們會提示你由我們開發團隊來製作的可能性，或者作為你與外部開發公司的橋樑，如果你要自行組團隊來製作也是可行的。你也可以開設公司。」

「公、公司嗎？」

感覺就像是遙遠不同的世界一般，令人無法想像。

「話雖如此，不過依現在企劃的規模來看，沒辦法只靠兩、三個人來製作，所以我想是有些困難的。」

「是這樣嗎？」

畢竟對這方面不太清楚。要說製作過的，也只有文化祭時的「銀河貓喵波隆」。那也是相當的大份量。雖然能完成最主要是靠真白、美咲還有龍之介的力量……

「除了角色、武器、服裝以外，還有怪物，如果不效率化，模型製作作業會相當沉重。還有動作也是。不過我所說的是指，如果要將現在的企劃內容整個包含進去……的意思。」

「這樣啊。」

「順便一提，如果預算編列下來，也有可能會收購整個企劃內容。」

「……」

「你果然是想要自己做呢。請放心。我們不會搶走的。」

空太反射性地抬起頭來，不由得盯著和希看。

完全被看透了。

「那麼，聽到目前為止，你打算怎麼辦？」

可以與第一線的開發者討論，實在是非常吸引人，對這次想出來的企劃來說是好事，就空太個人而言也是非常感興趣。到底會進行什麼樣的討論呢……內心已經開始期待了起來，根本沒有拒絕的理由。

「那就拜託您了。」

「這樣啊。那麼，我當然也不能逃避。畢竟是二子社長交代的事。」

和希從座位上起身，走到空太面前遞出一張名片。

那是之前曾經拿過一次的名片。雖然那個時候是被拜託轉交給千尋……

「這是我的連絡方式。啊，公司名稱跟這裡不一樣，因為我是其他公司的人。」

「這我知道……不，我明白。」

名片上職稱寫著社長，公司不是太有名氣。因為和希的公司本身並不做遊戲的販售，而是透過現在空太所在的遊戲公司進行。所以和希的公司名稱不會在廣告等宣傳中出現，不過如果說出製作的遊戲名稱，很多人都知道。

這時傳來敲門聲打斷兩人對話。門一打開，是將空太從詢問處帶到這層樓的女性職員。

「還在談嗎？」

和希表示談話已經結束，叫住正打算走出去的女性職員。

「回去以後請先寄信給我。這邊準備好了之後，再決定洽談的日程吧。」

「啊，好的。謝謝您。還有，那個……」

「是？」

「對不起。」

「為什麼突然道歉。」

「我把名片交給千尋老師，不過她撕得破爛丟到垃圾桶裡去了。」

「……」

和希突然愣了一下，下一瞬間則發出聲音大笑。

「沒關係啦。我不是說過了嗎？反正一定會是這樣的。」

「你們在說什麼？」

大概是對空太與和希的對話感到奇怪吧，站在門口的女性職員問道。

「私事啦。」

「真是叫人驚訝。沒想到只對工作有興趣的藤澤先生，居然也會有私事。」

女性職員像是惡作劇般笑了。對於只看過她認真表情的空太而言，感覺十分新鮮。

「說得真是過分啊。」

看來和希並沒有強力反駁的意思，好像有些認同女性職員所說的話。

「那麼，今天就先這樣。」

「好的。非常謝謝您。」

「這我已經聽過了。」

和希催促著空太走出會議室，在走廊上前進，與女性職員一起搭上電梯。

「回去以後，我會馬上寄出郵件的。」

「好的。那麼改天見了。」

和希揮手目送空太，空太在電梯裡行禮致意。即使門關上了，依然維持這樣的姿勢一陣子。

電梯抵達一樓之後，空太將入館證歸還詢問處便離開了大樓。

天已經完全黑了。不過因為周圍有燈，所以並不覺得暗。

腦袋裡一片空白，卻跟記得的東西突然飄走而眼前發白的感覺完全不同。他只是什麼也沒辦法思考，沒有不安，只有舒暢的空白。

在通往地下鐵的樓梯上一步一步往下走。穿過剪票口、走進月台，迅速走到前面去。

電車來到對面的月台，停車後，周圍因為人的氣息而喧鬧了起來。廣播說著「請勿奔跑進入車廂」。

接著門關上，電車再度動了起來，離開月台。

這時，空太才終於跟上自己心中的喜悅。

他緊緊握住右手，忍不住竊笑起來。旁邊有位穿西裝的男性走了過來，所以空太只好拚命忍住。但想要跳起來的衝動在體內擴散開來，實在難以壓抑。

似乎快忍不住了，便在狹窄的月台上來回踱步。不管如何用力跨步走，腳都快要有節奏地小跳步起來，體內舞動著興奮。

然後，果然還是笑開來了。

——對了。得向大家報告！

因為受到大家很多的幫忙。

他拿出手機，點選真白、七海、美咲、仁還有龍之介的信箱。不過即使想傳簡訊，卻想不出來要寫些什麼。

況且只不過是合格一半而已，並不是這樣就結束了。

「啊啊，真是麻煩！」

空太決定放開來，打了這句話：

——提報大成功！

之後繼續加上：

——這都多虧了大家！謝謝！

按下傳送鍵後，電車進入月台了。

不知道誰會最快回信呢？

空太這麼想著衝上電車。

3

搭著與去程同樣的電車，約一個小時後，空太回到熟悉的藝大前站。穿過剪票口，真的有「回來了」的實感。

穿過商店街之後，空太的腳朝向櫻花莊前進。

雖然發生了好事，但空太現在的臉色卻很難看。不久之前明明還得拚命忍住喜不自勝的表情……

他板著一張臉，直盯著手機螢幕瞧。

居然沒有任何人回信。

事到如今，空太開始後悔送出那麼興高采烈的簡訊。話說回來，好歹也該有個人回信吧。

不過，如果真白在畫原稿，說不定不會察覺手機響了。七海也是，如果正在打工，大概也沒辦法注意手機，當然也沒空回覆。考慮到現在美咲的心情，實在也沒辦法抱怨。仁與龍之介各自的想法雖然有些微妙的不同，也許是想說即使自己回信了空太也不會開心吧，所以就不回應了。

「搞什麼啊，大家都這樣。」

正因為期待大家會為自己感到開心，所以有些受挫，或者該說是遺憾，總之就是讓人想鬧彆扭的心情。

空太自己一個人抱怨著，花了大約十分鐘回到櫻花莊。

「咦……」

突然看到旁邊已經閒置很久的空地上，運來了建築器材。是要蓋房子嗎？

要是被抱怨就麻煩了。空太這麼想著穿過大門。

眼前是與平常沒兩樣的櫻花莊。就算企劃提報進行得很順利，櫻花莊的狀態也不會有所改變，不可能突然變漂亮。

「太過興奮，是我不對嗎……」

偶爾有像這樣的日子不也很好嗎——空太抱持著這種半放棄的心情，垂頭喪氣地打開櫻花莊的門。

然後依然低著頭踏進玄關。

接著，在下一瞬間，幾個聲音重疊在一起：

「恭喜～～」

伴隨著這句話，響起了超過五十個拉炮的合唱，紙花、紙捲包圍空太全身。

事出突然，空太受到驚嚇，一屁股跌坐在地上，身體有一半埋在紙花與紙捲當中。真不愧是櫻花莊，不知道適可而止，下手也不會輕一點。

「大家……」

他依然坐在地板上，仰望著站在玄關的三個女孩子。中間是美咲，兩旁則是真白與七海，手上有大量使用過的拉炮。

「還以為……心臟要停了呢。」

「櫻花莊殺人事件！『兇手是人物欄裡的第三個人！』是吧！」

美咲滿臉笑容地迎接空太。好久沒看到這個笑容了，空太的情緒一下子高昂起來。

「第三個人是誰啊！」

「嗯～～小七海？」

「才、才不是！我不是說過拉炮的數量最好少一點嗎？」

如果真是這樣，那七海手上無數的拉炮是怎麼回事？

察覺到空太視線的七海，事到如今才把空拉炮藏到背後，接著像是要湮滅證據般丟到走廊後面，這才把手伸了過去。空太抓住她的手，站起身來。

接著，又響了一聲遲來的拉炮。在美咲背後……一臉無趣靠在走廊牆上的是赤坂龍之介。

「姑且向你說聲恭喜吧。」

「喔，謝啦！」

在企劃書的製作基礎，以及心理準備方面，龍之介對自己有教學之恩。

「也幫我向女僕說聲感謝。」

「喔，如果是這件事，她要我代為傳話。」

「傳話？」

「她說『要感謝我的話，那件事就可以了，拜託您了』。」

那件事，指的大概是要他飛到英國去幫她擊沉一個人的事吧。這當然辦不到，看來稍後必須再與女僕商量答謝她的方法了。

「那件事？」

靠過來的真白問道。

「這世上有些事還是不要知道的好。」

「居然跟女僕擁有只有兩個人知道的秘密，學弟好下流喔～～！」

「並不是那樣的好事啦！」

可以的話，空太也想找人商量。不過，被委託殺人計畫這種事，到底要跟誰說才好呢？

「既然學弟回來了，那就來舉辦『幫學弟慶祝大會』囉～～！我已經準備好了靠毅力做出來的豪華料理，你就盡情享用吧，學弟！」

美咲這麼說完，便「啪噠啪噠」地衝進飯廳。

空太一邊脫鞋子，一邊環顧四周。期待能夠現身的人還少了一個。明明連龍之介都為了自己走出房間了。

「我約了三鷹學長……不過，果然還是……」

「……這樣啊。」

「嗯，不過他要我傳話。」

「他說什麼？」

「他說恭喜你。」

「真是普通啊。」

對象既然是仁，還以為他會說些挖苦空太的話……

「三鷹學長現在是不是也不太有那種餘力啊？」

「而且也快要考試了。」

「不是說那個……我是指上井草學姊的事。」

「啊啊……嗯，是那樣嗎？」

「喂！學弟！你再不快點過來，我就要一個人全部吃掉了喔！」

大概是對始終不過去的空太等人感到不耐煩了，美咲又跑回來。

「那麼，我去換個衣服，馬上就過去。請等我一分鐘。」

「三十秒喔，學弟！」

「收到！」

在房間脫下西裝後，空太走到飯廳，在那裡迎接空太的，是坐鎮在圓桌正中央的巨大飯鍋。

那是學校供餐或餐飲店所使用的，也就是業務用的飯鍋，光就外觀完全看不出來到底可以煮幾人份。

而且，裡頭裝的並不是白飯，而是帶著紅豆的顏色。

「雖然我知道問也沒用，但我還是要問！為什麼是紅豆飯（註：日本慶賀時吃的飯。早年也有家庭用來慶祝女兒初潮、祈求子孫滿堂）啊！」

「那當然是因為值得慶祝啊！」

感覺像是在慶祝別的事情似的，是自己多心了嗎？

「來，由學弟開始吃吧！」

美咲這麼說完，便分發給每人一支飯匙。

「咦？要這樣進行嗎？」

雖然自己這麼說，但其實也搞不清楚這樣是哪樣。坐在旁邊的真白直盯著飯匙看，似乎正想著什麼。七海則是目瞪口呆，只有龍之介絲毫不為所動⋯⋯

「就像是用鏟子吃大阪燒的感覺吧。」

不過無論如何，能夠這樣慶祝，確實令人很開心。因為沒有人回覆自己的簡訊，所以本來還想說是怎麼回事，原來只是為了給自己驚喜，所以大家說好保持沉默而已。

「那麼，難得有這個機會，我就先上了！」

空太將飯匙戳進一片紅豆色的大地，挖起紅豆飯，臉湊過去後，把大量的米飯塞進嘴裡。撒在上面的芝麻風味溫和，鹽的調味也恰到好處，十分美味。大概也因為是像這樣用飯匙吃的關係吧。

在空太之後，美咲、真白與七海也挑戰了。最後，龍之介也默默地加入。

「能夠這樣慶祝實在是很開心，不過心情其實有點複雜。」

畢竟只是合格一半而已。眾人視線集中在空太身上，他開始向大家解釋，未來將一邊與開發者討論，一邊進行縮減企劃的作業。接下來還有決定企劃是否能上市的主題審查會等，新的關卡在等待著……

「所以就真正的意義來說，並不算是合格。」

「那麼，等到真正通過之後，就要舉行更盛大的慶祝囉！」

美咲本色已逐漸恢復。果然美咲就應該要這個樣子才對。

「嗯，就如同上井草學姊所說的。」

「那麼，為了讓大家再為我慶祝一次，我會繼續努力的。」

不知道與開發者的討論會以什麼樣的形式進行。雖然能夠模糊地想像，不過一定與實際的討論不同吧。問龍之介也許會知道，不過空太並不想去問。不知道有什麼在等著自己，雖然會感到不安，不過空太對此樂在其中。

他期盼得不得了，即使現在在這裡與大家一起吃飯，身體卻渴望著巴不得飛奔出去。

「青山，謝謝妳的簡訊。」

「嗯……沒給你添麻煩吧？」

「是在進公司大樓之前收到的，讓我充滿了幹勁。」

他自然地露出笑容。

「這樣嗎？那就好。」

七海像是鬆了口氣的微笑著。

「簡訊？」

這麼問的人是真白。

「在報告之前，青山寄給我『加油』的簡訊。」

真白直盯著七海看。

「空太收到簡訊感到很開心嗎？」

「嗯，很開心啊。也幫助了我。」

「那你等一下。」

站起身的真白走出飯廳。微小的腳步聲上到二樓去了。

「她要我等什麼？」

因為本人不在，所以空太問了七海。

「不知道耶？」

七海一臉「你問我我也很傷腦筋」的表情。

過了一會兒，空太的手機響了——收到一則簡訊。

——加油。

送信人是剛剛消失到二樓去的真白。

空太沒有回信，等了一會兒，真白又回到飯廳來。

「這是在開什麼玩笑嗎？」

「你明明說收到簡訊覺得很開心的。」

「現在要說的話，至少也請妳說『恭喜』吧！還是說，這是要我更努力的意思？被椎名這麼說，就覺得實在很沉重！」

「跟對七海的反應不一樣。」

真白有些不滿地瞇起眼睛。

「當然不一樣！」

「差別待遇？」

「不是！」

「只對七海那樣，太狡猾了。」

「狡猾的是妳吧。」

「空太只對七海有特別待遇。」

「我每天每天都對椎名特別待遇吧？」

即使陳述了事實，真白還是一副不滿的樣子。或者應該說，看起來有些在鬧彆扭。

「不過，椎名幫我畫了企劃書的圖，也謝啦。」

「……」

「多虧妳的幫忙，說明的時候變得很輕鬆。」

「真的嗎？」

「嗯，要是沒有椎名的圖，絕對不會那麼順利。」

「那我就原諒你。」

「真是多謝了。」

「不過……」

這麼開口的真白一直盯著七海看。

「嗯？我怎麼了？」

七海吃著紅豆飯，回應真白的視線。

「沒事。」

「椎名？」

「我要再想一下。」

總覺得最近的真白有時讓人搞不懂。不，雖然從以前就沒搞懂過，不過她那未知的部分，似乎變成了其他東西。至少以前的真白不會說出搞不懂她自己這種話。

也許是在思考什麼事情，七海露出了不可思議的神情。

過了一會兒，玄關方向傳來開門的聲音。

首先有所反應的是美咲。她一定正等著仁回來吧。

不過出現在飯廳的，並不是美咲心裡所想的人，而是櫻花莊的監督老師千石千尋。

千尋一看到桌上的紅豆飯，又看了真白與七海後，向空太問道：

「所以，你是跟誰做了？」

「老師，我會忘記剛剛聽到的話，請您從進門的地方重新來一次！」

「不管重來幾次我都會說一樣的話，你的心靈承受得了嗎？」

「當然是會崩毀啊！剛剛的一次就已經夠了。」

定神一看，七海滿臉通紅的僵住了。

「青山，如果妳要控告性騷擾一定會贏喔。審判的時候我會出庭當證人，妳放心吧。」

「老、老師妳到底在說啥咩！」

稍微遲了一些，忘了用東京腔的七海向千尋抗議。不過，千尋完全沒聽進去，一副坦然的態度繼續那方面的話題。

「那麼，這是誰有喜了啊？」

「神田同學的提報很順利，所以正在幫他慶祝！不是誰有喜了！雖然我也覺得紅豆飯怪怪的，不過我打工回來的時候，上井草學姊已經準備好了……」

好不容易恢復原狀的七海俐落說明。千尋看來不特別感興趣。

「算了，既然是上井草做的那就沒辦法了。」

光是這個名字就能夠讓她理解整個事態，不論方向為何，她再度對美咲的厲害感到驚訝。

「啊，老師。」

「幹嘛？」

「我的企劃，將會由藤澤先生來幫我看。」

「那又怎麼樣？」

「沒有啦，只是想說姑且向您報告一聲比較好。」

千尋一副根本不想聽這種事的態度，從空太手中搶走飯匙，吃了一口紅豆飯。

「哎呀，還滿好吃的嘛。」

然後又繼續吃。

「啊，對了、對了，青山。」

「什麼事？」

大概也因為剛才的事，七海對老師的態度很冷淡。

「這個寄來給妳了。」

千尋遞出Ａ４大小的信封。

收下信封的瞬間，七海的表情就變了。剛才為止的輕鬆氣氛完全消失，臉頰緊繃，目光也變得銳利。

她的呼吸似乎也開始變得不規律。

對於稱不上很厚的信封內容，內心已經有了底。

裡面應該就是下個月訓練班甄選的劇本。

「青山，拿去。」

空太從收納文具的櫃子裡拿出拆信刀，遞給七海。

七海不發一語收下後，拆開信封。

所有人的視線都集中在七海身上。

從裡面拿出來的是大約十張左右的紙。雖然很輕，對七海而言卻有很重的意義。累積了兩年的努力，將會藉由這劇本受到試煉。不管哭或笑，勝負只有一次。下個月的甄選將決定命運，決定能否隸屬訓練班……對於被父親要求如果失敗就要回到大阪的七海，實在是很大的分歧點。

七海輕咬下嘴唇，眼神非常認真。她緩緩地吐氣，接著彷彿仔細體會至今的努力般，以沉靜的聲音低喃：

「這個時刻終於到了……」

第四章 她們的戰役

1

空太完成提報之後的櫻花莊，似乎微微飄盪著緊張感，卻也沉穩平和地過著每一天。一定是因為所有人都有目標，集中意識在該做的事上面。

空太專注在精簡企劃內容；真白是畫漫畫跟看書；美咲重新開始製作動畫；龍之介則繼續程式的作業；七海開始為二月十四日的甄選進行準備。從聖誕夜以後就沒回來的仁，也越來越接近考試時間。

因此，即使每個人在情感上各自有所搖擺，倒也和平地度過了一月。

在這期間，空太與和希進行了兩次討論，獲得了通過主題審查會必要的建議，有些是當場討論，也有些是帶回家選出想法。

和希的指謫都相當正確，說的每句話也都很有說服力，令人印象非常深刻。他的話十分淺顯易懂，感覺很用心地以配合高中生空太的方式進行討論。

第一次是針對空太的企劃「RHYTHM BUTLER」進行商討，因此察覺到就企劃性質上使用音樂的重要性。

「無壓力的操作、介面以及靈敏性固然很重要，不過既然是音樂遊戲，就有了一個決定商品競爭力的簡單要因。畢竟這是個音樂遊戲。」

「說的也是……也就是要使用什麼樣的音樂嗎……因為自己沒來由地擅自想像了像是ＲＰＧ的戰鬥音樂，所以沒考慮到這一點。」

「那麼，等到確立了音樂的概念後，再來進行討論吧。」

之後第二次的討論，便決定了主要的音樂方向性。

在休息時間，空太聽和希說了很多從經驗裡學到的事情。其中也有還存在記憶當中、關於作為開發者所必須具備的資質這樣的話題。

「你覺得作為遊戲開發者必要的資質是什麼？」

「是溝通能力嗎？」

「為什麼這麼覺得？」

「因為常在雜誌的開發者訪談上看到。」

「你覺得為什麼溝通能力會是必要的？」

「因為遊戲製作是集團……團隊作業。」

這也是在雜誌上看到，現學現賣的。

「那麼，所謂的溝通能力，你覺得具體來說是什麼樣的技能？」

「呃，不破壞團隊的人際關係……與周圍具有協調性吧？」

要具體來說還真不知該如何回答。

「原來如此，協調性嗎？的確，要是說開發者需要有溝通的能力，而遊戲製作又是團隊作業，確實會這麼解讀。」

「不是這樣嗎？」

「我並不是說不對。溝通能力當然很重要。但是，字面上解釋這一點不太對。不過，會讓神田同學誤解的原因，應該是就連表示溝通能力很重要的人，搞不好也沒有深入思考過『溝通能力』這詞彙的本質吧。」

「是……這樣嗎？」

「是的，對於某人所說的『溝通能力是必要的』這樣的意見囫圇吞棗，然後再像是自己的意見般重複這句話，這種情況並不少見。」

「聽您這麼一說……」

心裡並不是毫無頭緒。或者應該說，空太也只是把在雜誌上看到的現學現賣而已。

「不過，你不覺得很奇怪嗎？本來所謂的溝通，是指正確地進行彼此的意見溝通吧？但是這些歌頌著溝通能力重要性的人，為什麼在倡言『溝通能力是必要的』的時候，卻沒有懇切仔細地說明自己所說的話的本質，不努力地表達以避免讓人誤解呢？」

「……」

「如果單純只是因為雜誌版面的問題，或是開發者自己怠慢倒還好。正如我剛才所說，沒有理解自己說出的話的本質，這種人意外地還滿多的。如果把從別人那裡聽來的話，加入自己的感覺或言語，應該還不至於變成這樣的情況。」

「原來如此。」

「也就是說，我所認為的溝通能力，是從已得知的情報正確引導出自己的意見，再將自己的想法，努力以自己的話正確傳達出去。」

「……」

「這同時也包含了具有接受對方意見的從容，一邊思考對方話語的本意為何，一邊將對方的話聽完。畢竟不是所有正在講話的人，都能夠將自己想講的話完美表達出來，聽話一方的協助也是很重要的。因此，所謂的溝通能力，並不是指擅於察覺討論場合的氣氛，放棄自己的思考、接受別人的意見這種表面上的協調性。」

「……」

「雖然講得有點冗長，不過，自己在講話的時候，要能夠好好掌握自己的想法再傳達給對方，聽對方說話的時候，要一邊傾聽一邊思考對方說話的本意……至少這是肯定的。我認為這才是『溝通能力』。如果能做到這點，在討論或會議上，對於對方的意見使用『可是』或『不過』

的情況就會減少，而能夠進行具建設性的商談了。」

「是的……」

空太感到贊同，除了點頭還是只能點頭。

「不過，你不能被騙了喔？」

「咦？」

「剛剛我所說的話，我只相信一半左右吧。」

「一半？」

「我是指資質的部分。開發者所需要的資質。」

「那是什麼呢？」

這點必須知道。

「我覺得溝通能力確實是很重要。不過，只要是出了社會，不管從事什麼職業，這是一定會被要求的吧？你不覺得特別提出這件事，是表示沒別的才能了嗎？」

這的確像是不斷研發出新遊戲的和希會有的發言。

只是，另一個資質會是什麼呢？

「……」

「不明白嗎？其實是非常單純的答案。不管討論後彼此如何心意相通，不論意見怎樣完美地結合，若完成的作品沒有高品質，在這個一定要有成果的工作上就沒有任何的意義。」

「這是說……」

「簡單來說，如果沒有將點子具體化的創造力，我們的工作就毫無價值可言，所以有時甚至會覺得語言陳腔濫調。」

「……」

「我講得太抽象了嗎？」

「不，我很能理解。」

「很能理解嗎？」

「幫我畫企劃書說明圖的傢伙，就是這樣的感覺。」

經歷許多事情而得到結果。也許在真白心中是有順序的，只不過空太感覺不出來，也看不出來。因為就空太而言，那其實跟沒有沒兩樣。

真白光是動筆，就能在原本空白的畫布上創造出感動。

拜託她畫企劃書繪畫素材的時候也是，雖然言語或態度上看不出來她理解了，不過就結果而言，卻是確實做出了空太想要的東西。一直以來都是這樣。

「我的公司裡也有討厭的程式設計師喔。很不喜歡洽談協調，沉默寡言，幾乎不說沒用的話。因為不擅長講話，所以完全放棄提升這項技能，我有時就會格外覺得火大。」

「您說這種話沒關係嗎？」

「沒關係啦。因為我接下來就要讚美他了。遊戲製作最重要的是程式設計師，這是我的一貫主張。不管是什麼樣的想法，不藉由他們的手就無法具體化，也沒辦法變成電玩這種遊戲。優秀的程式設計師只要有一個人，就能夠大大改變作品的品質。不管遊戲引擎或開發工具怎麼進步，這一點大概都不會有所改變。」

空太隱約想起龍之介的臉。

「結果，不管是企劃、導演或製作人，沒有了程式設計師、繪圖及音效人員等真正製作東西的開發者的力量，是什麼也做不到的。」

或許事實就是這樣。雖然說之前參與過喵波隆的製作，但是空太稱得上「製作」的部分，也只有企劃階段的東西而已。

「所以，希望你能成為信賴這些真正的開發者，並且面對他們個性的企劃負責人。如果你有這樣的想法，那麼自然就符合剛剛跟你說的溝通能力了吧。」

和希的話已經將空太心中還沒成形的各種感覺，轉化為淺顯易懂的言語。該以什麼作為目標，已經確切成為一個指針了。

多虧和希像這樣提供經驗談的交流，訂在一月中旬及下旬的兩次討論，對空太而言都是相當珍貴的經驗。

他自然而然維持著情緒高昂的狀態，每天都過得很充實。

在這樣的情況下，情緒上也比較從容，所以空太一邊為了主題審查會調整企劃內容，一邊進行年末沒有做的大掃除，並且定期陪七海做甄選的練習。

七海的練習是借大聲講話也不會影響到別人的大學錄音室，集中在每週一次、每次兩小時的時間。

在這裡可以錄音，七海就能立刻確認。

「妳不覺得聽自己的聲音有種很怪的感覺嗎？」

「剛開始會，現在已經習慣了。不聽的話是不會進步的。演出的時候雖然想再放入更多情感，不過意外地不太容易表現在聲音上。」

空太的工作，是專心擔任審查員以及負責操作錄音器材的角色。

甄選用的劇本事先送來了兩份，朗讀用的劇本是大家耳熟能詳的日本童話，而演戲用的劇本是莎士比亞的哈姆雷特。

因為既沒讀過也沒看過莎士比亞的作品，所以不太清楚詳細的內容，不過看七海的演技就知道，甄選節錄的這一幕是故事裡很重要的場面。

七海飾演的女主角奧菲麗亞，向哈姆雷特道別。

因為七海說照本宣科唸出來也無所謂，因此空太好幾次配合演出對手戲。

已經用錄影機將練習的情況拍了下來，雖然不是絕對，不過空太實在沒有勇氣看。七海輕聲笑著，一定是因為看了空太的演技。

「對於我這種外行人，妳的態度也未免太過分了吧，青山。」

「真是非常創新的哈姆雷特啊。」

「我怎樣根本就無所謂吧！」

「很難過的時候，我會想起這個的。」

「現在馬上給我忘掉！」

空太每次幫七海練習的時候，真白都會跟來，然後坐在混音室後面的沙發上，默默看著少女漫畫。最近她已經一部接一部看完歷年的名作了。

「椎名，那個漫畫有趣嗎？」

「不太清楚。」

「這樣嗎……」

只是，不管她正在看哪本漫畫，每次問她也只得到同樣的答覆。之前她說那是在學習，至於到底是在學什麼則是一團謎。

持續著這樣安穩而充實的日子，月曆上二月份的日期也過了十日。

二月十二日，禮拜六。這一天，空太的妹妹優子為了參加水高的入學考試，來到了櫻花莊。事前就被告知優子將搭新幹線在傍晚抵達的空太，順著優子的任性，到車站去接她回來了。

抵達櫻花莊的優子，一進到空太的房間就興奮不已。

「嗚哇～～好多貓喔。這壁紙是什麼啊？喵波隆？啊～～充滿了哥哥的味道。」

長達半天的旅途根本不算什麼。

「妳不累嗎？」

「我在新幹線上已經睡飽飽了，所以現在精神好得很。」

「這時應該像個考生一樣念書吧。要是因為晚上睡不著導致明天考試時睡翻，我可不管。」

「啊！我沒有想到這個可能性耶。怎麼辦？哥哥，優子搞不好完了。」

「放心吧。反正不管怎麼樣都是完了。」

「啊，說的也是……不對，那樣不行吧。」

既然這麼有精神，應該到晚上就會累了，然後就能熟睡了吧。

「哥哥老是說壞心眼的話，我要揭穿你的祕密！」

話一說完，優子就潛到床鋪底下去了。

「啊，笨蛋！那邊是！」

「反正你一定有跟妹妹做這種事或那種事的DVD吧！」

「誰會有那種東西啊！」

他抓住優子的雙腳，不由分說地把她拖出來，就算裙子被掀起、內褲都露出來了也不管。

不過，看來還是晚了一步，優子的手上已經緊緊抓住了什麼。

「哥哥的寶物到手了！」

優子高高舉起的是漫畫雜誌。

「……咦？」

而且還是少女漫畫，也難怪優子會覺得不可思議。

「為什麼真白姊連載漫畫的雜誌會在哥哥房間裡？」

當然是因為買來的。

「為什麼會藏在床鋪底下呢？」

那當然是因為想要保密。

「難道說，哥哥其實是作者嗎！」

那怎麼可能？只是想說多賣一本也好，所以每個月都會瞞著真白買回來而已。

無論如何，必須從優子手上搶回雜誌、放回床鋪底下。不知道真白什麼時候會進來。正這麼想的時候，腳步聲靠近了。

「空太。」

從背後傳來的，無疑正是真白的聲音。真是會挑時間。

空太迅速從優子手上搶回雜誌，丟到床鋪底下。接著努力裝出自然的態度，轉過頭去。

「哥哥，不可以那麼粗魯地對待真白姊的漫畫。」

「我的漫畫怎麼了？」

真白歪著頭，不知為何竟然是只圍著一條浴巾的危險模樣。肩膀、手臂以及胸口散發著熱氣，白皙的肌膚染成粉紅色，微微發著汗，看起來格外性感。頭髮還「啪答啪答」的滴著水。

「啊，不，不對。也不是不對啦，對了！我們正在聊妳最近的漫畫狀況。」

「已經確定是下個月的封面跟刊頭彩頁了。」

「喔，真的嗎？真厲害啊。」

能夠登上封面，就是被認同受歡迎的證據吧。真不愧是真白。空太好不容易才前進了一步，她卻輕易就飛越過山頭。

「不過還是不能大意。」

「……該不會是責任編輯飯田小姐這麼對妳說的？」

真白「嗯」地點了點頭。

「雖然問卷的結果也很好，不過那只是蓄積的繪畫能力而已。」

「這樣啊。」

「之後如果不能改編為連續劇，排名就會下滑。」

「飯田小姐這麼說嗎？」

真白再度點點頭。看來有關買了雜誌的這件事，得以順利隱瞞過去了。雖然就算被知道也無所謂，但是既然都已經隱瞞到現在了，就有點難以說出口。

「不對吧，這根本就不是該冷靜愉快聊天的狀況吧！」

聲音突然變得激動的人是優子。

「真白姊太不像樣了！哥、哥哥你趕快逃！會被攻擊的！」

「話說，椎名妳在做什麼？」

總之先不管優子，空太對圍著一條浴巾的真白問道。

「我剛剛去洗澡了。」

「要是這種狀況是去上廁所，那可就駭人了！為什麼不穿衣服！」

「因為空太不在啊。」

確實，真白每天換洗的衣服都是空太準備的。

「我應該說過我出去一下，要去接優子吧？」

「我有聽到。」

「那妳應該知道我不在吧？」

「空太是只要認真做就做得到的孩子。」

「至少我是沒辦法瞬間移動或分裂啦！我可是典型的地球人！」

「空太。」

「幹嘛啦！」

「你要看到什麼時候？」

突然，真白將視線別開。她的臉頰上微微泛紅，看來似乎不是因為剛洗完澡的緣故。

「我感到不好意思的樣子。」

「什麼！」

「對、對啊，哥哥好下流，色狼，大變態！」

「如果妳有自覺，就不要那樣走出來！要是我不小心在妹妹面前喪失理性要怎麼辦！」

「哥哥真是禽獸！禽獸就是哥哥啦！」

優子在背後卯起來鬧脾氣攻擊，已經開始胡言亂語了。

反正先把優子丟給七隻貓解決，空太則把真白帶到二樓的房間去換衣服。

從內衣褲到睡衣，連披在上頭的厚質羊毛衫都準備好之後，空太嘆著氣回到自己的房間。

房間裡，像金剛力士般站在床上的優子正等著自己。雖然一點也不可怕就是了……

「哥哥，你坐在那邊。」

「好、好。」

空太坐在床鋪邊緣。

「正坐。」

「才不要。」

「你的反省還不夠！」

過來纏住空太手臂的優子鼓著臉頰，前後搖晃著空太的身體抒發不滿。

不過，大概是很快就累了吧？她的呼吸開始變得急促。

「哥、哥哥跟真白姊有一腿嗎？」

「沒有。」

「那她怎麼會只圍個浴巾就到房間裡來？」

「……」

「我知道了。是只有肉體上的關係。」

「才沒有！」

「不然你們兩個是什麼關係？」

「我才想知道呢……」

真的很想知道。空太與真白到底是什麼關係呢？

思考著這不會有答案的問題時，換好衣服的真白回來了。她穿了好幾層衣服，看起來很溫暖似的，手上拿著吹風機。

真白不發一語地靠過來，接著悄悄坐進坐在床上的空太懷裡，越過肩膀將吹風機遞過去。

因為經常這樣，事到如今已經不會覺得驚訝了。空太極為自然的收下吹風機，伸手將電源插入插座，開始以暖風吹著真白的頭髮。

對於這一連串的舉動，優子看得目瞪口呆，張著的嘴闔不起來。

「你、你、你在做什麼啊～～哥哥！」

「妳說話的方式怪怪的。」

「因為我動搖得很厲害啦。」

「我正在用吹風機吹頭髮。怎麼啦～～」

「……」

「……」

空太說了蠢話之後，空氣為之凝結。

「騙人！看起來根本就是在互相調情！」

「……」

事到如今才開始試著分析自己所處的狀況。

坐在床上的空太、坐在空太雙膝之間的真白。空太正在為這樣的真白吹頭髮。

「……」

看來優子說的話似乎比較對。正確解答。因為空太覺得跟圍著浴巾登場相比，這根本就不算什麼，所以完全疏忽了。

「不是什麼值得大驚小怪的事吧。」

空太還在找藉口的時候，真白便這麼說了。

是打算出手幫空太嗎？

「一直以來都是這樣。」

果然不可能。

「不要給我做出像是在傷口上塗古巴辣椒的發言！」

「因為空太很困擾。」

「妳讓我變得更困擾了啦！」

「沒問題的。」

「什麼沒問題！哪裡？哪一段！」

轉過頭去的真白，用像是說著「你看吧」的眼神看著優子。

而說到優子，則是一邊喃喃著「這是惡夢……」一邊露出茫然的表情。看來已經失了魂。

「根本就完全魂飛魄散了嘛！」

在這種情況下，優子真的能夠平安度過明天的入學考試嗎？雖然原本就無法期待她能合格，不過剛剛的打擊，說不定會讓已經記得的東西全都飛散。真是這樣就太可憐了。

「空太。」

「幹嘛啊？」

「獅子就算在狩獵兔子也是會使出全力的。」

「那是因為獅子出乎意料地很不擅長打獵！」

即使她展現了不必要的動物知識，但空太還是覺得，雖說獅子是百獸之王，說不定笨拙的地方意外地跟真白很像。

等優子回到現實世界之後，空太、真白與優子三個人，加上從201號室走出來的美咲，圍著桌子吃晚飯。

最近美咲為了製作動畫，窩在房間裡的時間變長了。尤其是進入二月之後，三年級生已沒有排課，可以自由上下學，而已經確定直升水明藝術大學影像學部的美咲，幾乎將所有多出來的時間都拿來進行作業。

即使外出，去的地方也是大學編輯室或動態攝影棚，過著彷彿不知是何方神聖般的生活——

至少不是一般的女高中生。

「製作還順利嗎？」

「作畫還剩下一些動畫跟背景，效果則是接下來才要做。」

美咲將空太所做的料理一口接一口送進嘴裡。

雖然還是很有精神，不過與外星人本色的朝氣蓬勃有些不太一樣。但因為知道其中的理由，所以也不特別點明。

仁不在身邊。這對美咲而言代表全部。

「我記得，仁學長也是明天考試吧？」

「嗯……」

美咲小小聲地回答。如同現在優子來到這裡一樣，仁應該也前往大阪了。

結果直到出發前，美咲還是沒辦法把在福岡買的祈求合格護身符送給仁。別說是護身符了，說不定今年以來連一句話都沒說過。

有時會在學校裡，看到從樓梯裏側或遙遠的窗戶望著仁背影的美咲，不過都只是看而已。一直到最後都是如此……

「學姊接下來還要繼續作業嗎？」

「不了，今天就到此為止。因為接下來還有要做的事。」

美咲說著「吃飽了」便站起身，從廚房的櫃子裡拿出製作糕點用的巧克力碎片，倒入深碗裡。再把深碗放進鍋子裡，隔著沸騰的水，緩緩地溶解。

變成濃稠狀之後，美咲用橡皮刮刀將巧克力倒入心型的模子裡。接著抱著膝蓋蹲坐在椅子上，直盯著它凝固的樣子。

看來今年是打算做簡單的巧克力。去年是用磚塊般的巧克力刻出自己的模樣，送給了仁。

「如果是空太，會從哪邊開始吃？」

當時還被仁一臉認真地如此商量。

「雖然祈求合格的護身符沒能送給他……我這次會努力的。」

「要是能夠交給他就好了。」

「嗯……」

在巧克力凝固之前，美咲一動也不動。一定是正在想著仁，她露出了未曾對空太展現過的溫柔表情。

雖然真白很羨慕似的看著，不過終究沒說自己也想做。似乎還在意著之前做料理受了傷，因此與空太吵架的事。

不過如果真白真的做了，會打算送給誰呢？不管怎麼說，總是會有所期待。

「哥哥，從剛才就一直偷瞄真白姊！」

「我、我才沒有！」

「空太不管什麼時候都一直看著我。」

「只有稍微的程度而已啦！」

沒理會說著這些話的空太等人，美咲將冷卻凝固的巧克力放進事先準備好的盒子裡，用粉紅色的包裝紙包起來，上面再打個蝴蝶結，然後用雙手很寶貝地拿著完成的情人節巧克力回到二樓去。空太以十分複雜的心情看著她。

誠心的希望這次能夠送給仁。

等到一直很悠哉吃著飯的優子吃完之後，空太泡了飯後茶。

「哥哥，七海姊呢？」

「她禮拜六、日要到聲優訓練班上課跟打工，所以回來的時候大概都超過十點了吧。」

「咦～～這樣嗎？人家有事想問七海姊耶。」

「青山現在正處於重要的時期，所以就算她回來，妳也不能給她添麻煩喔。」

決定是否隸屬事務所的甄選，是在十四日禮拜一……也就是後天。

即使是七海，在這一個禮拜也變得沒辦法冷靜下來。忘了自己負責買東西空手而歸；忘了燒洗澡水差點洗了冷水澡；三天前甚至還睡過頭，上學差點就遲到了。後來是發現的空太叫醒她，演變成跟真白三個人一起跑著上學的新鮮事。

「妳晚上睡不著嗎？」

「嗯……不太能入睡。」

七海似乎一直到快天亮了都還醒著。

因此，從三天前開始，七海在櫻花莊的所有值日工作，空太全部都接收了。

即使提議也覺得七海剛開始可能會不肯同意，沒想到她意外地爽快答應了。

「為什麼神田同學那麼驚訝啊？」

「我並沒有感到驚訝啊。」

「騙人，反正一定是因為我乖乖點頭答應了吧。」

「……也、也算是啦。」

「因為我可不想像夏天時那樣逞強，然後還被神田同學說教。」

七海這麼說完，有些開玩笑似的笑了。雖然空太並不覺得自己是在說教……

「我回來了。」

說曹操，曹操到。雖然才剛過八點半，不過七海已經回來了，很快便出現在飯廳。

「啊，七海姊。」

「歡迎妳啊，優子。在那之後念書進度如何啦？」

「嗯，我一定要考上呢。」

「沒有人在問妳的願望啦……」

七海也苦笑了起來。

「青山，如果妳肚子餓了，剛好還剩下一些飯菜，要不要吃？我馬上幫妳弄熱。」

「啊，好啊。因為打工前沒時間吃，可以拜託你嗎？」

「洗澡水也燒好了，妳要先洗還是先吃？」

「嗚？」

優子好像受到了驚嚇。

「麻煩你，我想要先吃飯。」

七海點頭致意。

「還有，妳洗好的衣服一直曬著沒收，所以我已經摺好放在妳的房間裡了。」

「那、那個擺著也無所謂啦。」

「哥哥好溫柔……」

優子小小聲地吐露出不滿。

「沒關係啦，因為我本來以為妳今天也會很晚回來。」

「謝、謝謝。」

七海是將內衣褲曬在房間裡，所以雖說幫她收起來摺好，也不過是襯衫或襪子而已。

如果是真白還沒來之前的空太，大概光是碰到女孩子的衣服都會緊張吧？現在已經能夠不為所動的摺衣服了。雖然這也不是什麼值得誇耀的事……

七海說著要先去放包包，便上二樓去了。

「哥、哥哥，這是怎麼回事！」

「妳突然在激動什麼？」

「我當然會激動啊！都快炸開了！哥哥跟七海姊是什麼關係？」

「啥？」

「為什麼會那麼自然地說出『如果妳餓了，我就幫妳煮些東西』，還有感覺很溫柔的『要不要一起洗澡』，還有像是溫暖的包覆般說著『我幫妳洗好衣服了』？為什麼、為什麼、為什麼、為什麼？」

「總覺得妳講的內容差很多耶？」

「優子的記憶力這樣就已經是極限了！」

「啊，那就難怪了。」

「為什麼哥哥會幫七海姊做這麼多事？好奇怪喔，絕對太奇怪了！」

「空太也幫我做很多事。」

「真白姊是無可奈何，所以無所謂！」

就連真白也沒想到會被優子這麼說吧。

「規矩端正的七海姊，居然會讓哥哥幫她做飯，問她要不要洗澡，甚至還幫她收疊衣服，根本就是很大的問題！那樣已經超越男女朋友，根本就是同居第二年的男人與女人的關係了！」

「那麼真實的數字是從哪冒出來的啊……」

「兩個人的對話自然得令人覺得可怕！」

優子一臉認真地陷入思考。

「啊！對了！」

接著，像是知道了什麼。

「我應該警戒的不是真白姊，而是七海姊。優子的眼睛根本就是瞎了！」

講了比平常更加奇怪的話。

「平常就幾乎是瞎眼的吧。」

「怎麼會！」

「我就趁這個機會說出來了，妳可是個令人感到遺憾的女孩子。」

「跟真白姊比呢？」

「不相上下。」

「這麼嚴重？」

會這麼驚訝，看來優子自己認為應該贏過真白吧。

「椎名，妳可以生氣喔。」

「現在沒在說這個話題。」

真白的敵意意外地朝空太而來。

「就、就是說啊！現在說的是哥哥跟七海姊的事。幹得好，真白姊！」

優子一邊喊著「耶～～」一邊強行要真白擊掌。不過時機沒配合好，兩人的手交錯而過便結束了。

「……」

「……」

流動著微妙的空氣。這兩個人到底想要做什麼？

「總、總之，哥哥覺得七海姊怎麼樣？」

「什麼怎麼樣？」

「有把她當作女人看待嗎？」

在這絕妙的時機點，在房間換好衣服的七海回到飯廳。她嘴裡咬著綁頭髮的橡皮筋，正在重綁長髮。

「我聽到在說我怎麼樣，是什麼事？」

兩手固定著頭髮的七海，頸子的線條毫無防備，空太無意識地投注了目光。

「啊～～哥哥以下流的眼神看著七海姊啦。」

「咦？神田同學？」

含在嘴裡的橡皮筋掉落地上。

「別、別說傻話了！我才沒用那種眼神！跟平常一樣！」

「那就是空太平常都很下流。」

真白輕聲插話。

「為什麼明明是在櫻花莊，我卻沒有主場優勢？」

終於把頭髮綁好的七海，露出看著可疑人物的眼神。

「可不可以不要那麼露骨地避開我？」

「只……」

「只？」

「只有一點點的話，倒是無所謂。」

「咦？」

「就算用下流的眼神看也無所謂。」

空太茫然地張著嘴。

「啊……不、不對！你在說什麼咩？」

「說的人明明是青山！」

「剛、剛剛什麼事都沒發生！人家、那、那個要睡覺了！人家去洗澡了！」

七海腳步「啪噠啪噠」地離開飯廳，逃往廁所的方向去了。

「等等！晚飯呢？」

「洗、洗完澡再說！」

七海的聲音消失在走廊另一端的……浴室。

「太、太可疑了啦，你們兩個！」

「一點都不可疑！」

「竟然還生氣了！而且媽媽也很喜歡七海姊……你們要交往嗎？要結婚嗎？到底怎麼樣嘛，哥哥！」

「別管那麼多，妳只要想著考試的事就好了。」

「想要蒙混過去。」

優子鼓著臉頰。

「我沒有！」

「想要蒙混過去。」

這次是真白的攻擊。

「我沒有想蒙混過去！話說回來，妳們兩個什麼時候感情變得那麼好了！」

這樣的追究直到七海洗完澡、出來吃飯的時候，還一直持續著。

2

翌日，十三日禮拜天，一早飄著雪花的天空灰濛濛的。

在這樣的天氣，空太乖乖帶著優子到考場去。

除了英語、數學、國語、理科、社會等五科以外，結束之後還有面試。是需要耗上一整天的大工程。

因為考試中也沒事做，所以空太先折回櫻花莊去，等他再度回到水高來接優子的時候，已經積了一層腳步會些微下陷的積雪了。

下午四點半過後，癱軟無力的優子走出校門。對於原本注意力就無法集中的優子而言，應該是相當吃力的日程。

空太對優子說聲辛苦了，接著便帶著她前往新幹線的車站。

「人家還想跟哥哥在一起久一點。」

之所以考完試立刻就得回福岡，是因為父親已經事先買了今天的新幹線車票。大概是想盡可能讓女兒早點回到自己身邊吧。

「爸爸也太會操心了。」

「如果對象是優子，我也稍微能體會老爸的心情。」

「咦？哥哥也那麼喜歡我嗎？」

「先不談這個，考試考得怎麼樣？」

「我名字都有好好寫上去了。」

目標會不會太低了點？

「面試呢？」

「被稱讚說『這麼有精神真是不錯啊』。這下子一定會合格吧。」

「這種情況的『有精神』就是『笨蛋』的禮貌用語，我之前不是告訴過妳了嗎？」

「那麼，就是『是笨蛋也無所謂喔』的意思？果然還是合格了！」

「真是這樣就好了。」

已經連說明都嫌麻煩了。

抵達車站的空太，已經買了便當、茶，還有優子想要的伴手禮跟點心，讓她帶走。

接著，優子便像回禮般從肩上的背包裡拿出小小包的東西，硬塞給空太。

「雖然早了一天，這個送給哥哥。」

突然變得惹人憐愛了起來。

「雖、雖然有請媽媽幫忙，不過這次的巧克力是手工做的喔。」

「好，好，謝啦。」

空太有些不好意思，於是冷淡地收下了。

「我不會輸給真白姊還有七海姊的。」

「雖然搞不太懂妳在說什麼，不過時間差不多了，趕快過去吧。」

「那麼，四月以後我會再來的！」

優子就這麼露出沒有任何懷疑的笑容，回福岡去了。

放榜是在一個禮拜之後，每年都會大大地張貼在出入口的地方。當然，人在福岡的優子不會特地跑來確認，所以空太必須去看榜。

「話說回來，這就表示我一定得通知優子不合格囉。」

察覺這個事實的空太，覺得就算是有哪裡出錯也好，真心地祈禱優子能夠考上。

優子考試之後又過了一晚。空太這天很乾脆地醒來了，並且立刻發現身體的異常變化。錯不了，自己是在緊張。

二月十四日。就世人而言或許是情人節，但是空太腦袋裡所想的，卻是七海的甄選。

明明事不關己，卻心神不寧。

空太來到飯廳，身穿制服的七海已經在那裡了。

「青山，早啊。」

「早啊，神田同學。」

簡短的問候之後，七海便表示因為靜不下來，所以要先出門，接著便早早到學校去了。

目送七海離開後，空太為了叫醒真白，走出飯廳。

接著，驚人的事發生了。真白自己走下樓來了。而且已經是制服、外套、圍巾，以及手套的全副裝備狀態，就連平常都是空太準備內容物的書包，也已經拿在手上了。

「椎名，妳自己準備的嗎？」

「那當然啊。」

「這真是世界上最沒有說服力的話啊！」

乍看之下準備得相當完美……才這麼想的時候，發現一隻腳沒穿襪子。

「妳那是時尚嗎？」

真白看了看腳邊。

「明明是襪子，可是只有一隻。」

「因為它本來就不是會自動成對行動的東西！」

就算發牢騷也沒用，空太走上二樓，從真白的房間裡挖出另一隻襪子，再走回來。

讓真白穿上之後，這樣就無懈可擊，完美了。不過，空太可不是這樣就會大意的人。至今不知道因為真白缺乏常識而吃了多少苦頭。

必須連看不到的地方都姑且確認一下。

「妳的裙子裡面該不會是裸體樣式吧？」

空太委婉地說完，真白卻歪著頭。

「有著裝內褲吧？」

「有穿著。」

「那就好。」

「是很可愛的喔。」

「我沒有問到那個程度！」

「……」

「上面也有穿好吧？」

「跟內褲是成套的。」

「簡潔地報告就好！不要加些不必要的情報！」

總之，服裝看來是沒問題。這麼一來，剩下的就是書包了。不知道必要的東西有沒有都放進去，查看一下比較保險。

空太若無其事地把手伸向真白的書包，真白便以前所未見的敏捷動作把書包抱在懷裡，一副絕對不會交出來的模樣緊緊抱著。

「咦？妳在做什麼？」

實在是莫名其妙。

「竟然想要檢查女孩子的書包，太差勁了。」

「如果這樣很差勁，那麼至今一路看著椎名更驚人事蹟的我，到底該怎麼辦啊！」

「真不是人。」

「為什麼我今天一早就要被這樣臭罵？」

「書包不行。」

「如果忘了帶什麼東西我可不管。我是不會幫妳的喔。」

「重要的東西已經放進去了。」

「這樣嗎？」

「氣勢也放進去了。」

「……雖然搞不太懂，不過算了。我不會看的。我不看。這一輩子都不看。」

「明天就可以。」

「啥？」

「讓你從頭看到尾。」

今天不行，明天就可以。

「……」

今天是情人節。這意味著自己可以抱著些許期待嗎？

「算、算了，無所謂。吃完早餐就要去學校了。」

「……」

趁著真白吃早餐的時候，空太回到自己房裡做好上課的準備。即使在換衣服的時候，腦袋裡也一直想著真白書包裡的內容物。

因為處在這樣的狀態下，空太到出門前都忘了要代替七海負責本週採買工作的事。

在玄關穿鞋子的時候才想起來，於是折回去拿放在飯廳櫃子裡的櫻花莊共用錢包。裡面放著所有人一個月的餐費。

接著回到玄關，真白在那裡等著。

「那麼，走吧。」

「走吧。」

空太的目光再度依戀不捨地放在真白的書包上。過度期待的話，最後可能會很慘痛。對方可是缺乏一般常識的真白。空太如此告訴自己，一邊回想著要採買的東西，帶著真白走出櫻花莊。

抵達學校的空太，一如往常在鞋櫃前與真白分手。因為真白所屬的美術科教室跟空太的班級在走廊上的相反方向。

空太混入其他學生人群中，走上樓梯。

總覺得每個人看起來都心神不定，應該不是自己多心了。鞋櫃前也有行跡可疑的男同學。大概是收到了意想不到的人送的巧克力而嚇了一跳吧。真是令人羨慕。

已經是打鐘的前五分鐘了，空太的班上卻還來不到一半的人。不過，平常也都是這種感覺，所以沒有什麼大問題。

他與先來到學校的七海目光對上。明明不是在上課，七海卻依然挺直了背脊端坐著。因為空太的座位就在她的旁邊，便乖乖地坐下來。

「妳今天就算請個假也無所謂的。」

「上完課再去也還來得及，所以沒有請假的道理。」

「這樣嗎？」

「嗯。」

「……」

「……」

導師時間開始前的教室，是看了無數次、氣氛很悠閒的早晨光景。不過，只有圍繞在空太與七海身邊的空氣與平常不同，也與情人節不同。

對話的字句或態度總有些生硬不自然。

因為上完課之後，有個將決定七海能不能隸屬聲優事務所的甄選在等待著，沒辦法過得一如往常。

「那個……抱歉。」

空太想要打破這令人窒息的沉默，如此說道。

「為什麼要道歉？」

「我說不出什麼貼心的話。」

「沒關係的。」

「咦？」

「我本來就不抱期待。」

這麼說的七海，故意露出笑容。空太真是越來越覺得自己很沒出息，比起當事人七海，自己說不定還要來得更緊張，竟然還反過來被七海安慰。

「妳剛剛的話讓我有點受傷喔。」

「對不起。」

「不，我開玩笑的。」

「你的心意我收下了。我覺得很高興，真的很開心。」

即使在喧鬧的教室裡，七海小小的聲音還是清楚地傳到了空太耳裡。

「妳不會害怕嗎？」

「因為甄選是一次決勝負，說不害怕是騙人的。不過……」

這時七海停頓了一下，抬起頭來筆直的看著空太。

「因為神田同學給了我勇氣。」

「我？」

「因為神田同學已經證明了，努力就會有所回報。」

「……啊，是啊。」

沒錯。

——說不定是希望青山能夠證明，努力一定會有所回報。

之前空太曾這麼說過。

強烈期望著有人來證明這件事的，或許是七海。

兩年了。離開父母親，打工賺取生活費及訓練班的學費，確立一個目標之後便埋頭苦幹，投注了長期的時間與大量的精力……

比起空太，七海不知道更努力幾倍。正因為如此，一想到這些日子的努力如果沒有結果，應該會害怕得不得了吧。

不過，七海的外表完全看不出來。那只是沒有表現出來，並不表示不感到害怕。

如果落選，就等於是浪費了兩年的時間。再加上父親還反對這件事。如果真的不行，七海就得回大阪去了嗎？光是想像，不愉快的情緒就逐漸擴散開來。所以，打從心底希望七海能夠順利。只不過，不管是甄選的結果，或者是這之後的事，決定權都不在空太身上。

「你還記得答應我的事嗎？」

「咦？」

因為正在思考事情，空太稍稍嚇了一跳。

「你忘了嗎？」

答應她的事。想得到的只有一件。

「去年聖誕夜的那個？」

「嗯。」

七海說過，甄選結束之後，有話要對空太說。

「我記得好好的。」

「是嗎？那就好。記得的話就好了。」

「喔、嗯。」

這時，鐘聲響起。

好幾位男同學慌慌張張地跑進教室。在這些人之後，一臉悠哉的龍之介走了進來，在鐘聲結束的同時在座位上就坐。他坐在七海的正後面，也就是空太斜後方的座位。

「早啊，赤坂。」

「喔。」

簡潔回應的龍之介，從書包裡拿出筆電，在桌上打開來。不過，伸手去按電源的一瞬間突然停下動作，像是想起了什麼事，闔上筆電收回書包裡。

「怎麼了？」

該不會是忘了充電吧。不，就算是這樣，他應該會帶著電源線，只要插入插座就好了。平常就算是在上課途中，他也會突然站起來，致力確保電源。

「綁馬尾的應該是今天參加甄選吧。」

「是這樣沒錯……？」

與龍之介水火不容的七海，露出有些警戒的樣子。

「你該不會是顧慮到她吧？」

「要是等一下被抱怨我敲鍵盤的聲音太吵、害她無法專心，那我可受不了。」

「我才不會抱怨呢。」

「女人是超越理性的生物，不能信任。而且，還很糾纏不休。」

「你是不是在指特定的什麼人啊？」

從龍之介愁眉苦臉的表情看來，已經肯定了空太的想像，腦袋裡浮現麗塔笑咪咪的臉孔。

「不過，至少你肯安靜，我就覺得很慶幸了。」

「那就隨妳恣意地感謝我吧。就算綁馬尾的感謝我，我也不會覺得舒服，所以只是妳的自我滿足而已。」

「既然這樣，那我就不感謝你了！況且，本來就是赤坂同學不對！」

無視七海的言論，龍之介以智慧型手機操作著什麼東西。

過了一會兒，空太的手機響了。他想著也許是龍之介傳簡訊過來便打開確認，沒想到寄件者竟然是真白。

——放學後，我在頂樓等你。

「啥？」

這個到底該如何解讀才好？

「怎麼了？」

「椎名傳了簡訊給我。」

「她說什麼？」

「她說『放學後，我在頂樓等你』。」

停頓了一會兒，七海發出意義深長的聲音。

「喔～～」

不論是今天早上的樣子或者是這封簡訊，都跟平常的真白有些不一樣。說不定真的是因為今天是情人節的關係。

這麼想著的空太，因為與七海甄選不同的理由，開始心神不寧了起來。應該已經將對真白的感情蓋起來，卻又慢慢地從縫隙間冒了出來。回過神時，已經開始期盼起放學後了。

3

大概是對於放學後有所期待，總覺得有六堂課的這一天很漫長。

明明巴不得早點到頂樓去，今天卻是空太輪到掃教室的值日工作，而且猜拳還輸了得倒垃圾，始終脫不了身。

空太拎著垃圾桶，走在飄飄然的走廊上。非常多的男女組合出現在自己眼前，因為今天是情人節。

前往校舍後方的垃圾場途中，在鞋櫃前的走廊上看到了一個熟悉的背影。

「學姊。」

空太朝美咲嬌小的背影出聲。與回過頭來的美咲在一起的，是身材修長、與美咲呈現對比的三年級生姬宮沙織。她的耳機正掛在脖子上。

「學弟是倒垃圾猜拳的敗北者嗎？」

「是的。」

空太與沙織目光對上，於是點頭致意。

「你好。」

沙織凜然地打招呼回應。

「學姊們在做什麼？」

「在等仁。」

「啊、喔。」

問了不需多問的事。因為美咲手裡正拿著情人節的巧克力。

「不過，今天仁學長有來學校嗎？」

現在已經是三年級生自由到校的時期了，況且仁為了應考，應該上個週末就到大阪去了。

「今天一早出發，好像已經回來了。因為總一郎說一定會把他帶回來，所以不會有錯的。」

「皓……」

「皓？」

空太差點就要叫出綽號時，被報以銳利的敵意。

「不、不，姬宮學姊的……男朋友，或者該說是前學生會長會把他帶回來嗎？」

「說、說什麼男朋友，你太多話了吧。」

她看起來很堅定可靠的樣子，不過似乎不太擅長這方面的話題。

「那、那麼，不打擾妳們，我先走了。」

「嗯。」

「美咲學姊。」

「學弟，什麼事？」

「我會替妳加油的。」

「嗯，我會努力的。」

美咲用力地點了頭。

「美咲有個好學弟呢。」

在旁邊的沙織自言自語的說著。

與兩人分手的空太，繼續走在校舍裡側延伸出來的路上，雙腿忙碌擺動著往垃圾場前進。不能拖太晚讓真白久等，還有更莫名的期待讓空太胸口狂跳個不停。

他把垃圾桶裡的東西放進垃圾場的桶槽裡。

折返的時候，已經幾乎是小跑步了。

這時，口袋裡的手機震動了。該不會是真白傳了催促的簡訊吧。不過，這是來電。

拿出來一看，畫面上顯示著「青山七海」。

身體先有了反應。心臟噗通噗通地劇烈跳動著，接著是不好的預感湧了上來。七海為了參加甄選，導師時間結束後就立刻離開學校了。就算已經從藝大前站搭電車離開也不奇怪，實在想不出她會在這個時間點打電話來的理由。也不可能是要拜託自己買東西吧。

空太按下通話鍵，將手機湊近耳朵。

「青山？」

『怎麼辦，神田同學！』

已經變回關西腔的七海，聲音裡充滿了不安，像是快哭出來一般激動。

「怎麼了？」

空太盡可能冷靜的回應。

『已經不行了。』

「冷靜點。發生了什麼事？」

『電車停駛了。』

「有什麼事故嗎？」

『嗯……好像發生有人傷亡的交通事故了。』

「有復駛的預定嗎？廣播有沒有說什麼？」

『車站的人說……不知道什麼時候會復駛……』

像是要把一直在昏睡狀態的頭腦敲醒一般，空太全速動著腦筋。

『人家已經受不了了。為什麼會在這個日子發生這種事？』

「跟訓練班連絡了嗎？只要說明一下，對方應該可以理解吧？」

『人家已經說過了，可是他們說雖然時間可以往後延，但是日期沒辦法改……人家甄選的時間本來就比較晚，所以如果沒在六點前趕到，其他的人也都結束了……』

空太無法看手機上的時間所以不太確定，不過因為上了六堂課，現在又已經掃完地，一定已經超過三點半。應該接近四點了。

如果電車會復駛，大概一個小時就會到吧。只是，不知道什麼時候才會再啟動，所以也沒辦法等。萬一到復駛前花太多時間，就會來不及。

「沒問題的。」

『神田同學？』

「青山，妳現在在哪個車站？」

『藝大前站的隔壁站。』

「我現在馬上過去，妳在那邊等我。」

『咦？』

「妳可以走到電車外吧？」

『嗯，我現在是在月台上打電話。』

「那麼，妳在剪票口出來的地方等我。我馬上過去。」

空太說著，直接把垃圾桶放在地上，跑了出去。

聽到七海小小聲地回應『嗯』，空太便把電話掛斷。

雖然請美咲開車會比較可靠，但是只有今天實在不能拜託她。美咲光是自己的事就忙不過來了。如果因為自己而妨礙了美咲，七海一定也會對這天的事耿耿於懷。不能讓事情變成那樣。

正這麼想的時候，空太想起了真白。要不要先到頂樓去一趟？不，沒有時間了，現在是分秒必爭的時候。

空太拿出手機，用焦躁而不靈活的手指從電話簿中找出真白的號碼。

響起了撥通的鈴聲，真白沒有接電話。祈禱她趕快接電話的時候，電話接通了。

「椎名，抱歉。我會晚一點……」

空太一口氣滔滔不絕講完時，才發現是語音信箱。在發信音響起之後，開始留言。

「我會晚一點。青山因為電車停駛而動不了了。外面很冷，妳去教室裡面等吧。」

接著立刻闔上手機，再度跑了起來。

直接穿著室內鞋從側門跑到外面去，旁邊的停車場突然竄出一輛腳踏車。

「危險！」

騎著腳踏車的學生緊急剎車。雖然響起了刺耳的聲音，但現在這種事根本不重要。

「抱歉，我沒看到你……啊？是神田你啊。」

騎腳踏車的學生，正是空太被流放到櫻花莊之前，在一般宿舍時的室友宮原大地。

空太連想都沒想就脫口而出：

「宮原，腳踏車借我！」

「你突然在講什麼啊？難不成是在抓強盜嗎？」

「青山因為電車停駛被卡在半路上！她今天要去參加甄選。」

「……」

「反正很急就是了！」

「事態嚴重啊，我知道了，快坐上來！」

「宮原？」

「你坐上來就是了。」

空太把手搭在他的肩上，腳一踩上後輪的横槓，大地便用力踩動腳踏車。

「喂，你們兩個，腳踏車禁止雙載！」

「等一下我們就會來自首，現在請先睜一隻眼閉一隻眼。」

對著站在校門口目送學生放學的體育老師，大地一派輕鬆的說著。

「宮原，拜託到隔壁的車站。」

「收到！」

大地讓腳踏車再加速，完全不把空太坐在後面當一回事。即使遇到些微的坡道，也絲毫沒有減速的感覺。不愧是現任游泳社成員，體力完全不同凡響。

「你的社團活動呢？」

「今天休息。」

「抱歉，難得你今天休息。」

「我本來就打算做長跑訓練，所以這樣也沒差。」

「果然是肌肉狂的發言啊。」

「沒錯。」

即使邊開著玩笑，大地騎的腳踏車依然輕快前進，來到藝大前站與隔壁站相隔的長坡道上。兩車站間是個小山坡，到隔壁站就等於要越過一座山。

爬到一半左右，大地的速度終究還是慢了下來。

「我要跳車用跑的喔。」

「你坐好就是了！」

呼吸急促。搭在大地肩上的手傳來了呼吸時的震動。

「別小看現任的游泳社社員！」

結果，大地就這樣直接衝上隔開兩個車站的山坡。

不過他的精力也只到山頂為止，腳踏車突然停住。明明就只剩下下坡了。

「喂，宮原。」

大地像是癱倒般從腳踏車上下來，接著把腳踏車交給空太，就這樣直接仰躺下。雖然想要說些什麼，卻因為上氣不接下氣而說不出話來。即使如此，他還是勉強擠出聲音：

「……我……已經缺氧……剩下的就由神田你一個人……飛車過去吧！」

因為這一句話，空太終於知道為什麼大地會阻止中途想要跳車的自己了。一開始他就打算這麼做了。有很多話想說，實在很感激大地的心意。雖然空太當時只是簡單地說明，大地就已經察覺分秒必爭的事實，並且努力讓空太能儘早到七海那邊去。

「謝了！」

「神田啊。」

「什麼事？」

「你再不好好想想，我可是會揍你喔。」

大地調整呼吸，腳步不穩地起身，手放在跨上腳踏車的空太背上。

「啥？」

「青山面對最大的危機時，打電話求救的對象可是你喔！」

大地用盡全力推了空太的背，腳踏車開始一口氣衝下山坡。

「你對她如此溫柔，就該清楚做個了斷！」

大地的聲音很快地變遠、變小。

空太沒有回頭。只是，大地的話深深刻劃在心中。稍後再去想這些事情，無論如何，現在最要緊的就是趕到七海的身邊去。

艱困的路已經由大地突破了，所以空太幾乎只剩下坡，很快就來到了藝大前站的隔壁站。

腳踏車衝到車站前，緊急剎車停了下來。空太尋找七海的蹤影。

「神田同學！」

聽到哽咽般的聲音，回過頭去正是七海。只見她一臉像是世界末日般的鬱悶表情。

「青山，這邊！」

跳下腳踏車的空太，抓住正想說什麼的七海的手，拉到計程車乘車處。有三個人在排隊，當中有兩個人搭上剛過來的計程車，還剩下一個人。

「我沒有錢啦。」

七海小小聲地耳語。

空太從制服口袋裡拿出色彩十分繽紛的錢包。那並不是空太自己的東西。

「那是櫻花莊的……」

正是放有大家餐費的採買輪值用錢包。今天早上已經確認過，裡面有兩張一萬圓鈔票及許多零錢。

「這個拿去。」

空太將錢包硬塞給七海。

「可是……」

「不准可是。」

排在前面的另一個人搭上計程車，下一部計程車也沿著圓環開了進來。

「但是……」

「也不准但是。」

停在乘車處的計程車打開了後座車門。這時，空太硬把還在猶豫的七海推上車。

「計程車錢很貴的耶？」

「妳不是努力了兩年嗎！」

「！」

七海身體顫抖了一下，不過再度看著空太的眼神已經變了。

七海緩緩的，但意志堅定的點了點頭。

「還有，因為不確定夠不夠用，這個也姑且帶著。」

他將自己的錢包也拿給七海。這次七海則乖乖收下了。

「司機先生，拜託你了。請一定要讓她趕上。」

透過後照鏡，司機露出了驚訝的表情。不過大概感覺到空太的嚴肅認真，司機點了點頭。

「青山，要加油喔。」

計程車車門關上。現在沒時間談話了。

七海打開車窗。

「謝謝你，神田同學。真的很謝謝你。」

空太向司機使眼色請他出發。

即使計程車動了起來，七海還是黏在車窗邊重複說著「謝謝」。

空太什麼也沒說，只是在心中不斷唸著「加油」。

希望她能實現兩年來的心願，希望她能夠實現夢想。

即使已經看不見計程車，空太依然在車站前佇足了好一會兒。

這時傳來車站的廣播。

——目前無法預估復駛的時間。很抱歉造成您的不便。

空太一邊模糊地聽著，一邊回到放置在車站前的腳踏車。他稍微推著走了一下子，突然想起重要的事。

沒時間在這裡悠哉了。

——放學後，我在頂樓等你。

真白還在學校等著自己。

空太面對眼前長長的坡道，跨上腳踏車的座椅。

4

空太從剛剛來的路上折返，不過到坡道的中途便死了心，推著腳踏車上坡。與在坡頂等待的大地會合後，再由大地載空太回學校。

在校門口與大地分手。

「宮原。」

空太從背後叫住正準備跑開的大地。

「幹嘛啊？」

「多虧了你的幫忙。」

「我不是幫神田，而是想幫青山。」

「……」

「不過，我已經被甩了。拜啦。」

大地的腳踏車緩緩離開。目送他離開後，空太回到校舍內，急忙趕往美術科教室。

因為腳上還穿著室內鞋，所以直接穿過鞋櫃，一口氣衝上樓梯。然而，抵達的美術科教室裡，沒有真白的身影。

也不見書包與外套。

「那傢伙到哪去了……」

這時突然想起簡訊。

——放學後，我在頂樓等你。

「不會吧……」

不過不能排除沒聽到留言的可能性。空太突然察覺，就真白而言，非常有可能連怎麼聽留言都不知道。

「她就是這種人啊。」

空太說著衝刺前往頂樓。

空太一步跨兩階地往上衝，來到連接頂樓的門前，將雙手放在膝蓋上調整呼吸。從放學以來就一直跑個不停，雙腿肌肉已經僵硬了。

深呼吸之後打開鐵製的門，吹來了徹骨的寒風。他一邊碎碎唸著好冷，一邊瑟縮起肩膀。

夕陽西下的頂樓空蕩蕩的。

沒有遮蔽物，視野廣闊延伸到天空。來訪的夜空晴朗無雲，冬季的星座也露出臉來。

立刻就發現了真白的身影。她淺淺地坐在最裡面的長凳上，穿著看慣的外套，就連圍巾以及連指手套，現在都再熟悉不過。

空太緩緩走近真白。

「椎名。」

呼喚著不知已經叫過多少次的名字。

抬起頭的真白，率直地看著空太，一如平常面無表情。無法判斷她正在想些什麼。

「抱歉。我來晚了。」

「……」

「因為青山搭的電車停駛，所以我送計程車費去給她。」

「空太馬上就不守承諾了。」

「所以我才說抱歉啊。」

「不是那樣。」

空太不懂她的意思，皺起眉頭。

「兩人獨處的時候要叫名字。」

「啊、喔喔……真白。這樣可以嗎？」

因為最近不太提這件事了，沒料想到是這個理由。

「話說回來，妳沒聽到留言嗎？我有留話說因為天氣很冷，要妳在教室裡面等。」

「我聽到了。」

「那為什麼還待在頂樓？」

「這裡比較好。」

「是這樣嗎？」

這次也搞不懂真白的想法。

真白不理會這樣的空太，從長凳上站起身，接著把手伸進書包裡，拿出了小盒子。

她把盒子遞給空太說：

「這個，給你。」

空太反射性收下的，是個未開封的零食盒子。竹筍形狀的小點心。

冷靜下來整理一下狀況。根本用不著深思熟慮，答案只有一個。

「這個，該不會是……」

「情人節是巧克力的日子。」

「要給我嗎？」

「我說了要給你。」

「喔、喔。謝謝。」

其實原本就有些小期待，所以實在很開心。

「妳就為了要拿這個給我而一直在這裡等嗎？」

「沒錯。」

「回家之後再給也無所謂吧。」

「那樣不行。」

「為什麼？」

「因為我想這麼做。」

「喔……」

「因為我想要試著像一般人。」

「……」

「有很多人在頂樓給巧克力。」

「這、這樣嗎？」

「漫畫裡面也是這樣。」

這次她則是從書包裡拿出漫畫，翻開中間的頁面給空太看。一對高中男女在頂樓面對面送著巧克力。畫出演繹了害羞氣息的輕柔線條。

之前真白曾說過自己正在學習，原來指的是這件事。不是學習如何當一個漫畫家，看來是在學習像個一般的……普通日本高中生的生活方式。

「不過，為什麼會突然想做這種事？」

「才不是什麼這種事。」

「……」

「因為我並不是一般人。」

真白的聲音裡並沒有悲壯的感覺，表情也很平常。她只是平淡地描述事實，這反而讓空太覺得心頭一陣揪緊。

「妳……」

「所以，最近常搞不懂空太。」

「咦？我？」

「空太好遙遠。」

「什麼跟什麼啊……」

平常會有這種感覺的，應該是空太。他始終追逐著看不見的真白背影。

「怎麼會是妳講這種話？」

「今天空太也到七海那邊去了。」

「那是當然的吧？對青山而言，今天可是很重要的日子耶！妳應該也知道吧？」

總覺得被踩到地雷，空太反射性說話大聲了起來。

「我知道。」

「那麼……」

「但是，對我來說也是重要的日子。」

「……」

「我本來一直很期待今天的到來。」

「……」

因為完全看不出來，所以沒有察覺。竹筍形狀的巧克力也是，真白是什麼時候買的呢？光是想到真白為了今天而背著自己準備的樣子，空太既開心又難為情，卻又感到危險的各種情緒逐一湧現，整個腦袋被攪亂得混成一團。

「空太。」

「幹、幹嘛啊？」

「一直是指到什麼時候？」

「咦？」

「你之前說過的。說會一直看著我……那是指到什麼時候？」

「……」

「如果畢業以後，美咲跟仁就會不在了吧？」

「啊、是啊。」

不論是思考或是情感，都跟不上真白的速度。明明每天都在一起，卻從未聊過三年級生畢業的事。空太沒有察覺到真白的變化，完全沒想到她會思考這種事。

「那麼，空太呢？」

「……」

「空太會一直在我身邊到什麼時候？」

空太當然沒辦法回答。只有口頭的約定根本毫無意義。看著真白的眼睛就知道，她並不是在問這種事。

「空太跟優子感情很好。」

「那是因為她是我妹妹。」

「那麼，七海呢？」

「……」

「空太對七海很溫柔。」

「我不是只有對青山這樣吧？」

「可是，卻不會那麼對我說。」

「妳是指什麼啊？」

「空太不會對我說一起加油吧。」

「……」

大概是回福岡老家時的事吧。空太確實跟七海說了那樣的話。不過，那是因為彼此有努力的目標，空太是企劃提報，而七海是甄選。

這並不是會對已經走在遙遠前方的真白所說的話，所以當然不可能說。

「所以，空太好遙遠。」

「……」

然而，空太覺得這搞不好是誤會了。走在遙遠前方的真白，連背影都看不到。但是所謂的看不到，並不是只從空太的觀點，回過頭來的真白也看不到空太的身影。這是當然的。因為兩人相隔的距離是一樣的……但是空太卻連這一點也沒發現。之所以有時候會覺得真白的身影很孤單，一定是因為這樣吧。

「空太是我的空太？不是嗎？」

「……」

真白的不安，彷彿透過肌膚傳了過來。她的雙眼閃爍著。這是第一次看到她這種眼神。

正因為如此，所以真白自己也不知道該如何應對，所以才找麗塔商量，還看少女漫畫，學習變得普通，為了情人節這一天做準備。這是為了接下來要與空太在一起必須做的事……真白思考之後，歸結出這樣的答案，一心只想縮短彼此的距離……

雖然淨是搞不太清楚的事，不過就這一點而言，是已經理解了。

「抱歉……我不知道會到什麼時候。」

如果能夠把不負責任的願望說出口就輕鬆了。但是，空太辦不到。

「這樣啊。」

真白垂下目光。

「不過，就算多一天也好，我想要盡可能待在妳身邊。」

自己能做的事，只有像這樣愚蠢老實的與她面對面。只有不斷努力，直到能把說出口的情感化為有形的那一天。

現在這樣已經是竭盡全力了。

不對，還有一件能夠說出口的事。

「還有啊……」

「什麼事？」

「其實我……也一直期待著今天的到來。」

「空太？」

「想著說不定能拿到巧克力。」

這當然因為是真白送的。

「早上收到妳的簡訊以後……就迫不及待想趕快放學。」

空太難為情得臉都快噴火了。

「上課也完全聽不進去，只是一心想著放學後的事。」

沒辦法正眼看真白的臉。

「真的嗎？」

「真、真的啦。」

「拿到巧克力開心嗎？」

「因為我是竹筍派的。」

「太好了……」

真白的表情突然放鬆，露出溫和的笑容。當然，只就真白而言，這是空太目前為止見過最可愛的樣子。接著，應該早已在聖誕夜時封印的、對真白的感情傾巢而出。現在就想緊緊抱住她，想讓她知道自己的情感，是如此在意著她。

空太為了掩飾這份感情，很快地把話說完。

「感冒的話就麻煩了，我們回家吧。」

不待真白回應，空太便準備回校舍。如果再繼續與真白獨處下去，不知道會發生什麼事。

「空太。」

真白立刻出聲叫住空太。

「幹嘛？」

他停下腳步問道。

「先答應我不會拒絕。」

「那要看妳打算說什麼。」

「……」

真白有些難過似的垂下視線。

「知道了啦。我不會拒絕的，妳就說吧。」

要是她一直露出這種表情，那可就受不了了。

「我想拜託你。」

「有何指教？」

「我可以牽你的手嗎？」

靠過來的真白，有些不安地抬頭看著空太。

「妳平常不是問都不問的嗎？」

「回答呢？」

「是真白要我不能拒絕的吧。」

兩人搭不起來的對話，在空無一人的頂樓傳開。這又讓空太莫名地感到不好意思。實在受不了了，趕緊把視線別開。

「好好回答我。」

真白也低著頭。對於她惹人憐愛的態度，空太的忍耐終於來到了極限。

「好、好啦……妳可以牽我的手。」

大概是鬆了口氣，真白的眼角微微垂下。

真白的手碰觸準備邁開步伐的空太的手。不知何時，真白已經把手套拿下。空太輕輕反握著纖細而滑嫩的手指。

「……」

「……」

兩人只是牽著手，一句話也沒說的回到了校舍。

以前也曾經牽過她的手。不過，總是在忙亂之中，沒有像現在這樣安靜的情況。即使為了消除緊張而努力尋找話題，但腦袋就是沒辦法靈活運轉。真白微微低著頭，什麼話也沒說。

空太正想著這樣下去身體會承受不了時，真白就在樓梯平台上放開了手。明明牽著手才走不

到十公尺。

「真白？」

「還是算了。」

「什、什麼跟什麼啊？」

「因為實在平靜不下來。」

真白這麼說著，把雙手疊在胸前。

「心臟跳個不停。」

「那是因為妳活著啊。」

「空太呢？」

「比真白還要更活蹦亂跳啦！」

他忍不住大聲了起來。

「好、好了，天氣這麼冷，我們回家吧。」

跟剛才相反，空太先伸出左手。接著，真白稍微想了一下，伸出右手疊上去。

「……」

「……」

還是沉默了下來。不過，這次沒把手放開。

在這之後，回櫻花莊的十幾分鐘路程，兩人之間還是沒有對話。一邊忍耐著彼此想要逃離的心情，一邊稍微快步地走回家。真是一段非常珍貴的時間。

因為，這大概是空太第一次與真白共有相同空氣的一瞬間……

5

來到櫻花莊前，空太與真白自然停下了腳步。

兩個人牽著手。

「空太，到家了。」

「啊、嗯嗯。是啊。」

畢竟不能就這樣牽著手進玄關。就在門前想著這種事的時候，裡頭傳來「啪噠啪噠」奔跑的腳步聲。

「怎麼回事？」

空太與真白面面相覷的同時，門伴隨著尖銳的聲音被打開了，龍之介一副拚了老命的樣子衝出玄關。空太慌張地放開真白的手。

發現空太的龍之介迅速繞到他的背後。接著，彷彿要保護自己不被天敵迫害般蜷縮起身子。

「沒想到赤坂也會有這種表情啊。」

為了鎮靜心中的動搖，空太對龍之介如此說道。

剛才龍之介的態度，完全不見平常的泰然自若。

「關於這一點，等會兒再解釋。現在不是說這些事的時候。神田，快阻止那個女人！」

龍之介一口氣滔滔不絕的說完，從空太身後伸出手，指著玄關裡面。

「什麼？」

搞不清楚狀況的空太耳裡，聽到了有些熟悉的聲音。

「說什麼那個女人……請不要用這麼見外的稱呼。」

從玄關裡走出來的，是擁有閃亮金髮、美麗碧眼的美少女。空太對於她那大人般的微笑仍有印象。

「麗塔。」

在旁邊的真白，彷彿被吸引過去般靠近麗塔。彼此交換了輕柔的擁抱。

「真白，過得還好嗎？」

「嗯。」

「空太也好久不見了。」

「咦？麗塔？」

「你的驚訝會不會太慢半拍了？」

「不、不是，可是，咦！為什麼妳會在這裡？」

在這種情況下不感到驚訝才奇怪吧。

「真不愧是空太呢，竟然還問這麼不知趣的問題。」

「那、那可真對不起妳啊。」

「今天是什麼日子？」

麗塔說著便拿出以大紅色包裝紙包裹的小盒子——連緞帶都仔細地繫了上去。

「情人節。」

「正確解答。空太不也收到了可愛女孩子給的巧克力嗎？」

來回看著空太與真白的麗塔，露出熟知內情的表情。

「我要保持緘默。」

「你很開心吧？」

「我要保持緘默！」

「既然你那麼想當作是只屬於兩人的回憶，那就沒辦法了。因此，我也來傳達我的愛了。」

麗塔露出微笑。不用說也知道，她的對象正是躲在空太背後的龍之介。但他卻懷著極高度的警戒心。大概是之前有機可乘，被親吻了一下臉頰，看來造成了很嚴重的心理創傷。

雖然龍之介外表看起來像是女孩子，但其實極度討厭女性，似乎就連女性接近都會令他打冷顫。再更近距離會起蕁麻疹，接觸到的話則會昏過去。

就空太所知，將龍之介逼到昏厥過去的人物只有一位。那就是眼前的金髮美少女麗塔。

「事情就是這樣，空太，不想被馬踢的話，請把龍之介交出來。」

「神田，你是站在我這邊的吧？」

「……」

到底該拿這場面怎麼辦才好？很想體諒只為了送巧克力而遠從英國搭十二個小時的飛機來到這裡的麗塔的心情。不過，龍之介討厭女性已經是深入骨子裡了，實在不認為會有什麼辦法。

「龍之介是不喜歡我的什麼地方呢？」

「全部。」

「要是被我這麼可愛的女孩子如此積極地追求，通常都會喜極而泣吧。」

麗塔說了很可怕的話。不過確實是如此，所以無法否定。

「說什麼蠢話？這世上哪有房門被鐵撬般的東西撬開還會感到高興的男人？」

「嗚、真的假的？」

「妳大概是打算趁我睡覺時偷襲，等到生米煮成熟飯，再拿這個當藉口要我負責吧。」

「再怎麼說也不可能做到那種地步吧。」

「啊，被發現了嗎？」

麗塔若無其事地承認了。已經完全跟不上她的步調。

「順便一提，不是用鐵撬般的東西，那就是鐵撬。因為我想龍之介一定不會乖乖打開門走出來，還好我有事先準備。」

已經無話可說了。真希望剩下的就讓他們兩個人自己去談。

「先不談這個，龍之介你究竟對我的什麼地方感到不滿呢？」

「一分鐘前我已經說過了，是全部。」

「我覺得自己的身材也是很能夠滿足男性的啊？」

麗塔這麼說著，兩手交叉抱胸強調出上圍。空太的目光忍不住就被吸引了。

「空太，你在看哪裡？」

真白投以不開心的眼神。

「我不論什麼時候都看著未來啊。」

「總之，請你收下巧克力。」

「我說過我不收。要是答應一個請求，下次不知道又會被要求什麼。」

「請不要把人家講得好像是恐怖分子一樣。」

「倒不如說根本就是。」

「……」

麗塔有些寂寞似的低下頭。女孩子的這種表情實在是讓人不捨。

「赤坂，只是收個巧克力應該沒關係吧？」

麗塔就是為了這個，才遠從英國過來的。

「要是那麼做，這個女人一定會在下個月要求我一些莫名其妙的回禮。」

「我說我有在意的男孩子之後，父母倒是說了希望務必見個面。」

麗塔輕鬆暢快地說了很可怕的事。龍之介的判斷說不定是正確的。

「這樣你懂了吧，神田，這就是女人的手法。尤其是像這個女人一樣，對自己擁有絕對自信的就更糟了。總覺得世上所有男人都會對自己唯命是從，這是地球上所有生物之中最爛的。真是的，害我想起了不好的回憶……」

「不好的回憶是指什麼？」

「……」

似乎不小心說溜嘴的龍之介，突然沉默了。

「唉……如果龍之介那麼討厭，那麼我也不勉強了。既然你不肯收下，那這種東西也沒有意義了。」

麗塔像是要把巧克力的盒子丟到馬路上似的，做出準備投球的動作。

「啊，等一下、等一下！」

千鈞一髮之際，空太阻止了她。

「赤坂，你就收下吧。」

「你的意思是叫我下個月到英國去嗎？開什麼玩笑。」

「麗塔，只要他收下就可以了吧？他不到英國去也無所謂吧？」

「是的。如果他願意收下，啊，不過希望他至少能在這裡吃掉。」

「只是吃掉應該可以吧？」

龍之介考慮了一下。

「……好吧。我也不想再繼續浪費時間了。現在動作控制程式還在更新中呢。」

空太鬆了口氣。這樣一來，應該就能收拾局面了。

「喂，前食客女。」

「你叫我麗塔就好囉？」

「如果我收下巧克力，並且在這裡吃掉，妳下個月就要給我老老實實的。沒問題吧？」

「好的，我答應你。那麼，請收下吧。」

對於麗塔遞出來的巧克力，龍之介戰戰兢兢地伸出手。背後傳來龍之介緊張的呼吸聲。

巧克力平安到達龍之介的手上。龍之介立刻撕開包裝，抓了裡面的巧克力。心型的板狀巧克力上，以白巧克力畫了圖案。是麗塔的肖像畫，下面寫著「請吃我」，龍之介露出十分不高興的表情。就是因為這個，所以麗塔才會追加了要在她面前吃掉的要求吧。設想真是周到。

龍之介一心想盡快處理掉，因此大口咬了巧克力。空太不禁在旁邊看著。終於，龍之介把最後一口塞進嘴裡。

他一邊嚼一邊說：

「這樣就可以了吧。」

然後準備一個人回櫻花莊裡。

「啊，請等一下。」

錯身而過的時候，麗塔出聲叫住他。

「我已經完成了條件。」

對她的話有所反應是龍之介的失誤。麗塔逼近轉過頭來的龍之介，兩手迅速繞到他的脖子後面，兩張臉已經快要貼在一起。

「……！」

龍之介連驚愕的聲音都發不出來。

「啊！」

空太取而代之叫了出來。

因為龍之介的嘴，正被麗塔的唇給堵住。

「……」

大概整整有五秒之久。終於，麗塔放開了龍之介，伸出舌頭舔著嘴唇，臉上是極其妖豔嬌媚的表情。

「既然你說下個月不行，那麼回禮我就先收下了。」

麗塔露出「幹得漂亮」的笑容，失去意識的龍之介向後倒下。

「哇～～赤坂！」

「這可是我的初吻，所以請負責喔。」

「他聽不到了啦！」

「那麼，他醒了請轉告他。」

麗塔惡作劇似的笑了，簡直就是擁有天使般可愛表情的惡魔，竟然能夠把龍之介玩弄於股掌之間……

空太扶起龍之介的身體，背在自己背上。

不能讓他在寒冬中睡在這裡。

「那麼，麗塔妳打算怎麼辦？」

「今天在真白房間過夜，明天再回去。」

「真的只為了來送巧克力啊。」

「我好像是為愛熱血沸騰的類型。」

只為了一個巧克力就從英國飛來，真是超強的行動力。但對龍之介而言，完全是個壞消息。

跟在真白與麗塔之後，空太也進了玄關。

緊接著，才剛關上的門從外面打開。

「我回來了……」

沒有精神的聲音。回來的人是美咲。她只是低著頭脫了鞋子，也沒發現麗塔，就朝通往二樓的樓梯走去。

「美咲？怎麼了？」

聽到聲音，美咲停下腳步。

「啊，小麗塔……」

似乎現在才察覺到她的存在。

「歡迎妳啊……」

反應遲鈍。還不只是遲鈍。

會讓美咲情緒低落的原因，不用想也知道只有一個。

「沒能交給仁學長嗎？」

「嗯……」

美咲的視線再度往下滑落，不了解情況的麗塔露出不解的神情。

淚珠「啪答啪答」滴落在走廊地板上。

美咲從書包裡拿出巧克力，粗暴地撕開包裝，空太還來不及阻止，她就自己大口啃了起來。

光是看到邊想著仁邊製作巧克力的美咲身影，痛苦難受的心情就侵蝕著自己的身體。

「美咲學姊……」

「學弟，巧克力好鹹喔……」

「……」

「我大概已經不行了……」

「怎麼會……」

空太無法不負責任的否定。

「我已經不知道要怎麼開口跟仁說話了……」

美咲縮蹲在樓梯角落。

「不管仁會說什麼，我都覺得好害怕喔……」

把臉埋在膝蓋裡，美咲壓抑著聲音哭了起來。

空太正想開口對美咲說些什麼，口袋裡的手機就震動了起來，顯示有來電。

他心想著這種時候會是誰打來，邊往自己的房間移動。畫面上顯示和希的名字，總不能不接。即使在意背後美咲等人的狀況，還是接了電話。

「您好。我是神田。」

『你好。我是藤澤。』

「您辛苦了。」

『現在方便講電話嗎？不會花太多時間的。』

「啊，好的。」

即使是與和希對話，空太還是有些心不在焉。不過對於接下來和希所說的話，他仍難掩驚訝之情。

『以神田同學企劃的「RHYTHM BUTLER」為主題的審查會，已經確定日期了。』

「咦？」

『是三月七日禮拜一。』

「好、好的。」

『下禮拜再找個地方討論一下吧。』

「我知道了。」

『今天只是要跟你聯絡這件事。日程調整的部分改天再以郵件協調。』

「好的。」

『那就先這樣。』和希留下這句話便掛了電話。空太確認之後闔上手機。他下意識地緩緩吐氣。命運的分歧點正逐漸接近。

——三月七日嗎？

竟然會是這一天。隔天三月八日就是畢業典禮。

回過頭去，美咲還蹲坐在樓梯，麗塔與真白很擔心的看著她。

現在已經是二月中旬了，他確切地聽到畢業的腳步聲逼近過來。到畢業典禮當天，還剩下不到三個禮拜。空太彷彿事到如今才發現一般，感覺到強烈的痛楚。

美咲與仁就這樣下去好嗎？

「……」

當然不可能會好……

第五章

要說回憶還太早

1

這一天，空太自然醒過來後看了時鐘，過八點多一些。

如果是平常，已經是慌張起床的時間，不過今天是禮拜天，所以再度閉上眼睛，在溫暖的被窩裡貪睡感覺倒也不賴。

即使如此，空太還是抵擋睡回籠覺的誘惑。雖然天氣冷得令人都快要屈服了，但還是下定決心，坐起身子。

窩在被子裡的七隻貓「呼～～」地低吼著。

「好、好，我知道了啦。」

空太把棉被還給貓咪們之後，便嚷著「好冷」走出房間。

雖然今天是禮拜天，但空太有事要出門。情人節以來已經過了六天，今天是二月二十日，公布水高錄取名單的日子。

雖然百般不願意，但還是得去確認優子是不是考上了。

前往飯廳途中，偶然在玄關遇到千尋。她確實的化了妝，套裝外面加了件外套。

「老師，您今天也要工作嗎？」

「有個不想出席的會議。」

千尋穿著鞋子，一副嫌麻煩的樣子說著。

「那真是辛苦您了。」

「就是說啊。」

簡短說完後，千尋很快就出門去了。

直到看不見她的背影之後，空太自言自語：

「老師的狀況是不是不太好啊。」

如果是平常，千尋光是看到空太的臉，就會不斷講些蠻橫無理的話，今天卻相當老實。

「算了，總比沒來由地被痛罵要好。」

空太這麼說著的時候，白貓小光靠過來磨蹭自己的腳邊。其他六隻也跟著從房間裡走出來。

雖然嚴寒難耐，不過似乎總比餓肚子要來得好。

空太打著呵欠走進飯廳，先準備了貓食。貓咪們同時聚集過來。

他一邊看著貓，一邊悠閒地吃著早餐。雖然偶爾會打呵欠，但思考卻很清晰，撇開確定在三月七日的主題審查會不管，而是想著美咲與仁的事。

從情人節的晚上開始就一直是這個樣子。

或許是受到隔天真的就回英國去的麗塔所說的話影響——

「只能靠空太去撮合他們兩個了。」

「為什麼是我？」

「因為你很認真地想著要為他們做些什麼。」

關於這一點，空太無法否認。正如同麗塔所說的。

想要為他們做些什麼。自從空太來到櫻花莊就一直在一起的兩個人。雖然總是被外星人美咲耍得團團轉、老是被仁消遣，既累又麻煩，實在很辛苦。但是，大概也因為有他們兩個人在，才能夠有那麼多歡笑、憤怒、大叫、忙得到處跑……有那些快樂喧鬧的日子。

畢業氣息一步步接近的現在，逐漸能夠了解這些事。

正在思考事情的空太膝蓋上，跳上來焦茶色的小町。

從沉思中回過神的空太看了看時鐘，時間已經過了八點半。

貼出錄取榜單的時間是九點。

「我會在電話前等，所以哥哥你要準時九點去看喔！」

因為優子這麼說過，所以也不能再悠哉下去。

空太把貓留在飯廳，回到房間去換衣服。制服外面再加上外套後，往玄關走去。坐著穿鞋子的時候，從二樓下來的七海出聲問道：

「咦？你要出門嗎？」

「優子的榜單。」

「啊、對了，是今天啊。」

「嗯。」

七海稍微思考了一下問道：

「我可以一起去嗎？」

「我是無所謂，不過青山不是要去訓練班？」

記得她說過二月有很多課程。

「甄選不是禮拜一嗎？所以今天是那一天的補休。」

「打工呢？」

「因為如果不偶爾休息一下，會被神田同學罵的。」

「我又不是青山的媽媽。」

「只是覺得有點像……啊，我去換個衣服就來，你等一下。」

「了解。」

七海背後傳來空太的回應，便上樓去了。

等消失在二樓的七海再度回到玄關，整整花了十五分鐘。空太隨意地想著，大概是女孩子要準備很多東西吧。這時，七海與穿著制服的真白一起過來了。

「為什麼人變多了？」

「真白說也要一起去。」

七海有些為難的樣子。

「是這樣嗎？」

空太接著問真白。

「優子的結果很重要。」

「哪邊很重要？」

「接下來的計畫會改變。」

「……如果優子考上了呢？」

「我就會認真起來。」

「什麼啊，莫非妳打算變身不成？」

「我不會變身。」

「……不，妳這麼冷靜又一臉認真的否定，我也覺得很困擾。」

「神田同學，雖然讓你久等又講這種話好像怪怪的，不過我們是不是該出門了？」

原本時間應該綽綽有餘的，但是在等待的這段時間就逐漸沒了從容。

空太對櫻花莊說了聲「我們出門了」便走出玄關。

空太在正中間，與真白、七海並排走上前面的坡道。假日早晨的空氣，不可思議地與平常有些不同，感覺到悠閒的氣息。

走在右邊的真白很快又看起了少女漫畫，腳步搖擺不穩，看來很危險。空太拉著她的手肘、抓住她的手臂，順利引導她繼續前進。第三學期以來一直是這樣的情形，所以早就習以為常。

走在左邊的七海始終不發一語，就算途中通過了兒童公園，也完全沒有出聲說話。稍微低著頭的七海不斷深呼吸，緊緊地抓著書包。

「我覺得已經盡力了。多虧了神田同學。」

甄選的隔天七海曾這麼說過，不過在不知道結果之前，還是沉穩不下來吧。至於結果，聽七海是這麼說的：

「往年好像都是在二月底或者三月初發表吧。」

所以現在去想也無濟於事，到結果出爐之前還有些時間。真想早點知道，不過知道同樣也很可怕。這幾天空太從不斷重複深呼吸的七海身上，感覺到這種矛盾的氛圍。

「我說啊，青山。」

等紅燈的時候，空太對七海說了。總覺得應該說些什麼，比較能夠分散注意力……

結果，七海出現令人意外的反應。

「咦？什、什麼？怎、怎麼了？」

只不過是叫了她的名字就動搖成這個樣子，到底是怎麼回事？

「青山妳才是吧，怎麼了？」

「沒、沒事。」

「看起來實在不像沒事的樣子……妳是不是在緊張啊？」

只是，這個緊張與在意甄選結果的緊張，看起來明顯有所不同。

這麼認真的七海，該不會也很正經地想著優子的考試結果吧。

「如果是因為優子的考試，反正她一定不會考上，所以妳不用在意啦。」

「不、不是啦。」

看來似乎與優子無關。這麼一來，就更讓人搞不懂了。

號誌變綠燈之後，再度往前跨步。稍微慢了一些才起步的七海，小跑步追上來。

「神、神田同學。」

剛穿越馬路的七海發出尖銳的聲音。她臉頰泛紅，目光則是撇向旁邊的電線杆。

這份緊張也傳染給空太。

「突、突然怎麼了啊？」

就算空太回應，七海依然只是看著旁邊。

「這個，你願意收下嗎？」

七海伸出拿了某個東西的手。小小的包裝，是以天空藍的紙包裝的盒子。

「其、其實在十四日……參加甄選完回家的路上，很偶然地路過賣巧克力的商店，所以，就覺得……像是幫人家輪值什麼的，受了神田同學很多照顧，所、所以就當作是謝禮……」

話說得很快卻結結巴巴。就連從出生以來一直用到現在的關西腔，也完全感覺不出自信。後頸也染上了紅色。

「喔、嗯。」

空太的心臟也噗通噗通狂跳，越來越沒辦法直視七海。

「雖然晚了一個禮拜……不過那一天不是還發生了上井草學姊的事嗎？所以覺得很尷尬，沒辦法送給你……」

「說、說的也是。」

空太自己也搞不太清楚的隨聲附和。

「要丟掉又很浪費，我自己吃掉也覺得怪怪的，所以就……你趕快收下吧？」

「啊、喔喔。謝謝。」

微微觸碰到的七海的手，傳來輕微的顫抖。

「這、這可不是人情巧克力喔。」

「咦？」

「是、是謝禮，我剛剛、不是講過了嗎？」

「說、說的也是。」

話說回來，這個氣氛到底是怎麼一回事？簡直是尷尬到不行。

「……」

「……」

陷入沉默之後，氣氛更尷尬了。彼此非得趕快說些什麼的僵硬空氣，在空太與七海間流動。

想著不要在意，卻反而更加意識到了。看著七海害羞的側臉，空太想起了那天……七海參加甄選的那天，宮原大地所說的話。不，應該說從那天起就一直存在自己心中。

——你對她如此溫柔，就該清楚做個了斷！

空太很明白大地所說的話。雖然很明白，但是該怎麼處理現在這個場面才對，學校卻沒有教。可以的話，真希望也教一下迴避這種沉默的方法，而不是微分與積分。

隨著時間流逝，難為情的氣氛有增無減。

在這樣難以自拔的困境裡丟下一個石頭的，意外地竟然是真白。

「空太跟七海的臉好紅。生病了嗎？」

「不是！」

「才不是！」

兩個人異口同聲，更讓人覺得難為情了。

「空太，那個。」

真白的目光投射在七海送的巧克力上。

「青山給我的啦。」

「……」

原本打算很平常的說出口，口氣卻粗暴了起來。

真白不發一語，在一旁抬頭看著空太。

「幹、幹嘛啊？」

「空太很開心的樣子。」

「不、不行嗎？」

「比我送的時候還要開心。」

「這、這樣嗎？」

七海在背後喃喃說著什麼。不過，空太已經沒有餘力反應了。

「一、一樣啦！一樣！椎名到底在說什麼啊……真、真是的！」

「……」

結果，真白露出更不滿的表情。

「無所謂。」

完全看不出無所謂的樣子。

「既然這樣，可以請妳不要露出不滿的樣子嗎？」

「我沒有不滿啊。」

「明明就有！」

「我是不高興。」

「那不是更糟糕！」

「而且，我是認真的。」

「根本就是一丁點也不覺得『無所謂』吧！」

「空太又對七海特別待遇了。」

「才沒有！話說回來，為什麼我還得辯解啊……」

「為什麼呢？」

回應著空太自言自語的七海，目光與空太對個正著。

「……」

「……」

兩人都慌張地別開了視線。

「又跟七海感情那麼好了。」

「我都說了沒有！」

「才沒有！」

「看吧，感情這麼好。」

在到達學校之前的短距離路途當中，這樣的情況不斷地重複。

隨著越來越接近校門口，周圍也逐漸變得不同於平常假日或上學途中的氣氛。穿著各式不同中學制服的考生，帶著戰戰兢兢的神情從車站方向移動過來。空氣好凝重，笑容也帶著緊張感，還會看到偶爾停下腳步、像在祈禱般閉著眼睛的考生。

這麼說來，空太在兩年前也經歷過這種緊張感。不過已經不太記得了。記憶裡僅存的，只有自己的准考證號碼以及貼出那個號碼的地方。

空太等人混入來看榜的人群中，也穿過了校門。已經熟悉的學校，只有今天感覺像是其他地方。因為氣氛不同。

出入口的地方已經圍了大陣仗的人群，公布用的布告欄也已設置妥適。不過表面蓋著黑布，現在還看不到上榜的號碼。

「像這種狀況我還是第一次經歷，所以會覺得緊張呢。」

「對喔，青山沒來看自己的榜單嗎？」

「嗯。反正隔天就會以郵寄通知，當然不可能只為了看榜單就從大阪來到這裡。」

兩人正在進行這番對話時，負責的兩位男性教師從校舍中走出來，受到所有人的注目。

「呃～～那麼時間已經到了，即將公布上榜的准考證號碼。」

兩位教師走到布告欄兩側，極為事務性的拉下黑布。沒有倒數，也沒有猶豫或吊人胃口。

連做心理準備的時間都沒有，號碼同時躍進視野裡。

立刻就有說著「上了！」的驚訝聲音。旁邊傳來歡呼的叫聲，也有咆哮的學生。斜前方的女孩子則是摀著臉蹲了下來。

合格，或者是不合格——命運的分歧點就在這裡。也許殘酷，但競爭就是這麼一回事。

在這種歡喜與絕望的漩渦之中，空太從前面確認起准考證號碼。優子的號碼是「99」。現在80幾號已經結束，「90」出現在視野當中。91、92、93，這幾個是連續上榜。考慮到高競爭率，真是頗罕見。這個連勝紀錄，竟然持續到98。接著，尋找最重要的「99」。

「……」

沒有。「98」接下來就是「100」。

視線再度回到「90」重新確認。

「……」

還是沒有。

真白在空太身邊，一直抬頭看著布告欄。七海則靜靜發出灰心的嘆氣。

「算了，這也沒辦法。」

努力地發出開朗聲音的空太，與兩人一起離開布告欄。得跟優子聯絡才行。

空太拿出手機，撥了家裡的電話，第一聲鈴響前電話就接通了。大概如同優子所宣言，真的在電話前等著。

『結果怎麼樣？哥哥。』

「喔，我正要講這件事。」

『優子考上了嗎？』

「啊～～不，落榜了。」

再拖下去也沒意義，所以空太乾脆地說出事實。

『這種時候還開玩笑，太輕率了喔。』

優子一副真是夠了的語氣說著「真拿你沒辦法啊」。

「真的是落榜啦。」

『又來了。』

「不、不，我是說真的。」

『哥哥真的很會騙人呢。你是想要讓優子驚訝之後再恭喜優子吧？』

「妳真的落榜了啦。」

『哥哥，你很煩喔！』

總覺得事情開始變得麻煩了。

「好，我知道了。反正明天郵寄通知就會送到，妳就用自己的眼睛去確認吧。」

『……』

這麼一來，就連優子也忍不住屏住氣息。

『真、真的落榜了嗎？真是意外的發展！』

「就我而言倒是意料中的事。」

『騙人的吧，你再去看一次！』

「我已經仔細確認過兩次了。90幾號的大家都考上了，只有妳的99號落榜。只差一點就很完美了耶。」

『太過分了！既然這樣，順便讓我合格不就好了嗎？為什麼只有我落榜？』

「大概是妳考試的分數很低吧。」

『對於受傷的優子，你就多說些溫柔甜蜜的好話嘛。』

「甜蜜是多餘的！況且我根本就感覺不到妳的難過。」

『才沒那回事呢。我好難過喔。放著「恭喜金榜題名」布條的慶賀彩球，到底什麼時候才能拉開呢？』

「誰知道啊。」

應該說，為什麼會有那種東西啊？

『人家三天前就開始熬夜準備的耶。』

「妳努力的方式根本就有問題。」

『怎麼辦？哥哥。我還是拉開比較好嗎？』

「下個月不是還有縣立學校的考試跟放榜嗎？妳就先留到那個時候吧。」

『啊，說的也是。』

看來她終於接受了。

「好，那麼悲傷也過去了。我掛電話囉。」

『嗯……不對啦！怎麼使用彩球根本就不重要啊！』

「姑且先讓我撇清責任，提出這個話題的可是妳喔。」

『不是啦，考試！是考試！我真的沒考上水高嗎？』

「落榜得很徹底。」

『我明明那麼認真地念書耶！』

「競爭對手念得比妳更認真啦。」

『嗯～～這樣啊。那就沒辦法囉。』

妹妹雖然是個笨蛋，不過偶爾也很懂事。

『不過，優子只是猜題沒猜中而已嘛。』

「嗯，我現在更加確信了。妳沒考上是正確的。」

實在已經想掛電話了。空太隨意看著放榜的會場，突然在入口旁看到了兩個熟悉的身影。前學生會長館林總一郎，以及他的女朋友……皓皓，也就是姬宮沙織。

為什麼會在這種日子出現在這裡呢？

與普通科分開貼著的布告欄前，兩個人正在確認音樂科的上榜號碼。

不管怎麼說，這都是個好機會。向前學生會長打聽仁的事吧。為此之故，有必要早早結束這通電話。

『哥哥，你有在聽嗎？』

「喔，我有在聽，我有在聽。」

當然根本沒在聽。

「因為如此所以這般。」

『因為什麼啦！』

「代我跟老爸老媽問好。就這樣。」

無視還在電話那頭抱怨的優子，空太掛斷手機，收進口袋裡。

「優子還好嗎？」

七海帶著有些困惑的聲音問道。

「那傢伙從以前就不行。她已經習慣跌倒，無意識間也學會怎麼爬起來了，所以沒問題。」

「喔～～你還真是了解啊。」

「因為她是我妹妹啊。不說這個了，妳看。」

空太將視線朝向前學生會長與皓皓，也就是姬宮沙織的方向。

「我去問一下仁學長的事。」

「我們也一起去。」

七海與真白的腳步聲跟在後面。

「那個……」

空太對著前學生會長高眺的背影出聲。

緩緩轉過頭的前學生會長與沙織，將視線投向空太。

「神田空太啊……竟然會在這種地方遇到你。」

「我妹妹也來報考，所以我來看榜單。不過，結果不怎麼樣。」

「那真是遺憾。」

沙織的目光露出很遺憾的神情。

「啊，不，我妹妹本來就不太會念書，所以一開始就知道很困難了。」

「這樣啊。」

「那個，兩位是？」

「我弟弟明年好像要來念音樂科。」

「好厲害啊。」

空太跟著沙織，也抬起頭看著貼有上榜號碼的布告欄。雖然每年都是如此，不過榜單上的號碼少之又少。名額只有十名，所以布告欄上的號碼也只有十個。

競爭率遠比普通科還要高，每年都會踢掉十倍以上，有時候甚至會到二十倍之多。

「恭喜了。」

站在身後的七海對沙織這麼說。

「謝謝。」

「皓……不，既然是姬宮學姊的弟弟，應該是很靠得住的感覺吧。」

「嗯，誰知道呢。」

沙織曖昧地笑了。雖然有點在意，不過這話題沒有繼續下去。

「空太。」

身後的真白一邊叫著名字，一邊抓著空太的手肘。

彷彿正訴說著不要忘了目的。也許真白也以她的方式擔心著美咲。

「那個，學生會長。」

「我是前學生會長。」

「啊，對不起。想請問一下仁學長的事，他現在過得如何？」

「對於給我找麻煩的事情，每天都樂在其中的樣子。」

前學生會長很不開心的說著。

「對您的不幸衷心表示哀悼。」

「神田同學趕快把三鷹帶回櫻花莊去吧。」

沙織看似不滿地說道。

「多虧三鷹賴著不走，害我都不能去總一郎那邊玩了。」

對於沙織的發言，前學生會長有些不知所措的臉紅了。看起來似乎是想要辯解，但解釋的話語卻發不出來。

「總一郎，怎麼了嗎？」

「那、那是……」

「我想大概是因為，姬宮學姊說了沒辦法去前學生會長的房間吧。」

「那又怎麼……」

大概是中途才發覺，沙織開始結巴了起來。

「不、不是那樣喔。我剛剛的話沒有奇怪的意思，比方說，想要去做個料理的時候，因為三鷹在……而且，那傢伙對料理又異常在行，所以我就……不對，我到底在說些什麼？」

「呃，兩位很恩愛，所以覺得賴在前學生會長房間裡的仁學長很礙事。這些情況我已經完全理解了。」

「你的認知不對……雖然也不是不對，那個、我想講的是關於美咲的事。我很想幫她做點什麼。」

話題變成美咲的同時，沙織皺起眉頭，露出嚴肅的表情。可以知道她是真的很擔心美咲。

「因為美咲非要三鷹不可……」

就這點來看，空太的想法也一樣。上井草美咲這個人，大概只會接受仁……

「反正，神田想問的不是這種事吧。」

前學生會長故意咳了一下清清嗓子。

「你是想問有關三鷹的事吧。那傢伙現在在學校裡喔。」

「咦？」

「考試結果已經出來了，所以來向老師報告。」

至於是否考上，看前學生會長一副不愉快似的表情就知道。

「這麼一來，那傢伙四月就要到大阪去了。」

這個事實沉重地壓了下來。如果是以往的美咲，大概會一笑置之說「到大阪搭新幹線只要三個小時」吧。不過自從聖誕夜以來，她就沒有好好跟仁說過話。

如果在現在的狀態下分開，實在不覺得他們會有光明的未來。無論如何，在仁到大阪之前、在畢業典禮之前，非得儘早幫他們製造對話的機會不可。

「三月八日。」

前學生會長突然開口說道。空太自己很清楚那天是什麼日子。

畢業典禮。

「只剩下兩個禮拜了。」

沙織感慨地喃喃說著。

這就是信號。察覺到眼前危機的身體，瞬間陷入緊張狀態。已經沒時間再等下去了。空太這麼想著，心也沸騰了起來，全身想要衝出去般開始感到疼痛。

「青山。」

「我知道了。我回櫻花莊去，把上井草學姊帶來。」

對於有些驚訝的空太，七海惡作劇般笑了。

「我來櫻花莊也已經半年了。」

「拜託妳了。」

七海點點頭，往校門口的方向衝了出去。還沒目送她離開，空太便帶著真白急忙往教職員室去了。

3

穿過被寂靜包圍的走廊，空太與真白來到教職員室前。從門上的玻璃窺視裡面，看到正與負責指導填寫志願的高津老師對話的仁的背影。

「你們這樣偷窺教職員室是什麼樣的嗜好啊？」

「嗚哇。」

被突如其來的聲音嚇了一大跳。剛剛那是千尋的聲音。

「喔，三鷹啊。」

從空太背後伸長了背靠過來的千尋探頭看。臉靠得好近。

「老、老師。」

「什麼，被大人的魅力給迷倒了嗎？」

「聞到濃濃的庸俗粉味。」

頭被輕輕敲了一下。

「好痛。反對暴力。」

千尋毫不在意地把手放在教職員室的門上。

接著彷彿自言自語般說著：

「聖誕夜時，三鷹好像也有相當的覺悟。」

「咦？什麼意思？」

空太的疑問被開門聲蓋過。

「你可以問問他口袋裡放了什麼東西。」

千尋又追加了新的疑問後，便走進教職員室裡。這麼一來，也不能追進去質問她了。

仁的覺悟是指什麼事呢？還有，口袋裡的東西……完全搞不清楚。

雖然空太覺得多想無益卻也苦思了約五分鐘。仁致意「我先告辭了」之後，走到走廊上。

空太立刻衝上去叫住他。

「仁學長。」

從背後傳來空太的聲音，仁一副受不了的模樣聳聳肩，緩緩地轉過頭來。

「怎麼了？幹嘛一臉可怕的表情？」

他像是要緩和當下的氣氛，以開玩笑的口氣說著。

「可以請你賞個光嗎？」

即使如此，空太的表情仍然很認真。

「真是禁忌的愛啊。」

「……」

「好吧。都叫你表情不要那麼可怕了。要殺要剮儘管來吧。」

空太帶著仁來到了頂樓平台，真白在後面將門關上。

大概是因為今天的陽光很溫暖，空氣雖然有涼意，卻不覺得很冷。太陽暖呼呼的熱度從外套上傳了進來。

仁把手放在柵欄上，眺望著正下方的入口。空太雖然試著站在旁邊、做出跟仁一樣的動作，但還是不知道仁在想些什麼。從他的側臉也無法得知他內心的情感。

或許是想起三年前自己來考試那天的事。那個時候，美咲是否也在一起？

「國中生還真是年輕啊。」

雖然女孩子還不至於，但是男孩子之中有幾位臉龐十分稚嫩的學生。

「那麼，帶我來頂樓有什麼事？該不會真的要愛的告白吧。」

「是關於美咲學姊的事。」

「我想也是。」

「你知道美咲學姊在新年參拜的繪馬上寫了什麼嗎？」

「大概是希望我能上榜之類的願望吧。」

就算被說中了，空太一點也不覺得驚訝。

「說不定連祈求合格的護身符都買了吧。」

仁彷彿自言自語般說著。

對此，空太靜靜地點了點頭。仁果然非常了解美咲。

「還有可能連情人節的巧克力也準備了吧。」

「沒錯。」

結果，不論是充滿了美咲心意的護身符或巧克力，都沒有送到仁的手上。

「那麼，空太你想說什麼？」

「既然你這麼了解美咲學姊，就算我不說也應該知道吧！」

「……」

仁沒有回答。無視於焦躁的空太，他微微嘆了口氣之後，把背靠在柵欄上。

「那傢伙最近過得如何？」

甚至還問了這樣的問題。

「仁學長！」

「在製作動畫。」

默默聽著的真白如此回應仁。

「這才是美咲。應該馬上就能忘了我吧。」

「你是說真的嗎？」

「如果是開玩笑的就無所謂嗎？」

撇開話題的敷衍態度惹惱了空太。空太的情感背叛想保持冷靜的心情，不斷炙熱了起來。

仁樂在其中的樣子，更是對空太火上加油。

「怎麼可能無所謂？」

他發出壓抑的聲音。

「請跟美咲學姊好好談談。」

「談什麼？」

「談……」

「我要去大阪，不能跟美咲交往。這點那傢伙也知道。我還應該講些什麼呢？」

「……」

「況且，空太你現在有時間管別人的事嗎？」

「主題審查在兩週後，所以沒問題。」

「原來如此，因為自己很順利，所以也想來照顧我啊。從容不迫的傢伙還真是不錯啊。」

仁挑釁般將視線對著空太。

「現在的仁學長不像仁學長的作風！」

「什麼叫做像我的作風？」

「總是很帥氣、樣樣精通，成熟又可靠，也願意給我意見，如果我感到沮喪就會先來跟我攀談，也一直很注意櫻花莊所有人的事，不過又完全不表現出來，老是說些玩笑話矇混過去……所以，雖然也會被誤會，但是對我而言，仁學長是我做為目標的其中之一！」

「那就是空太沒有看人的眼光了。趕快放棄吧。」

「怎麼可能放棄！」

「不要用我來消解你自己的不安！」

仁的情緒對空太的焦躁做出了反應，眼中帶著銳利的光芒。而空太也一樣。

「啊，沒錯。因為仁學長做不到的事，我一定也做不到！」

自己很清楚在內心某處，一直以來都在仁的身上尋找著答案。希望能夠見識到在美咲的才能當前的狀況下，仁會怎麼做、會如何克服。而仁已經察覺到這一點，空太也有所自覺。

所以，即使被這樣指責，事到如今也完全不覺得羞恥。況且撇開這種打算不談，空太真心希望仁與美咲兩人能夠順利。他有自信能夠大喊自己的這份情感沒有虛假。

「就像仁學長說的，我對仁學長有所期待。不過，並不是只有這樣。我沒辦法放棄的原因不是只有這樣！為什麼你覺得我能夠放棄仁學長與美咲學姊的事！開什麼玩笑！」

空太任由感情驅使，用力抓住仁的前襟，將他往後壓在柵欄上。

「你打算就這樣去大阪嗎？」

「是又怎麼樣？」

空太對於仁沒辦法解決事情的態度，已經到了忍耐的極限。

「要是美咲學姊被別人搶走，變成別人的女友，並且為了某個不是你的人微笑，仁學長你受得了嗎！」

「……」

「仁學長你還不了解嗎？」

「了解什麼？」

「我是在問你，如果你最喜歡的美咲學姊變成了其他男人的東西也無所謂嗎！你了解嗎！」

「……！」

仁突如其來地伸出手，抓住空太的手腕。

「少在那邊給我想說什麼就說什麼！」

才剛感覺到很大的力氣，空太的手已經被仁甩開了。而且這時候，仁的手肘直接命中空太的左臉頰。

對於臉頰炙熱的痛楚，空太的身體反射性地動了。

情感在腦袋裡炸開，累積已久的怒火像岩漿般噴洩出來。

「那就不要讓我講這種話！」

從喉嚨深處發出吼叫的空太，用力地朝仁揍了過去。右直拳擊中了臉，接著左勾拳打中肩膀。拳頭發痛。

仁的眼鏡掉落，滾到地上。

「好痛～～」

他的嘴角破了滲出血來。

「真是的。什麼樣樣精通，成熟又可靠，那是在講誰啊！不要擅自把你個人的想像加諸在我身上！」

不耐煩的情緒表露無遺，仁眼神銳利地瞪著空太。

他的拳頭向擺好準備姿勢的空太攻擊過來。利用身高差距，從上方落下拳頭。空太忍不住向後退。

「我都已經自顧不暇了！雖然決定要去大阪，卻連會不會考上都不知道！又因為美咲的事根本沒辦法集中注意力！而且你知道嗎？我向美咲告白，可不是那麼簡單的事！要有未來能一直在一起的覺悟！不單單只是成為男女朋友那種層次而已！」

「老早就有那種覺悟的仁學長，事到如今還在說什麼啊！」

對仁的憤怒以及對自己笨拙的焦躁，更助長了空太的勇往直前。他吼叫著，以仁為目標。

不過，這也到此為止了。再度揮拳的空太，不知為何卻看到仁的背。下一瞬間，由視野外飛來仁的右腿，伴隨撕裂空氣的聲音劃過空太的側臉。竟然是迴旋踢。

「啊。」

視野角落看到真白正要開口。

連感覺痛楚的時間也沒有，景色搖晃了起來。空太彷彿要昏倒，無法控制的身體搖搖晃晃退後了三步，一屁股仰倒在地上。

「空太！」

真白叫喚著他的名字。空太雖然想要回應，卻發不出聲音，就連仰望的天空都扭曲著。

明明沒做什麼運動，呼吸卻已經完全紊亂。呼吸聲逐漸從遠處接近過來。

接著，水泥地硬而涼爽的觸感，就連穿著外套的背都感覺得出來。大概是因為流汗而覺得熱，所以現在覺得這個溫度很舒服。

深呼吸之後，真白跑近空太。

「你還活著嗎？」

「可以的話，放著我不管，我會很感激妳的。」

在真白的面前真是糗態百出。即使如此，真白還是直盯著空太的臉，微微地皺著眉頭。大概是感到擔心吧。

「我說，椎名啊。」

「什麼事？」

「妳站在那裡的話，我會看到妳的內褲喔。」

「不可以看。」

真白小小聲地說，迅速用雙手壓住裙襬。因為這樣，拿在手上的漫畫掉了下來，剛好落在空太頭上。書的邊角直接擊中額頭。

「嗚喔喔！」

雖然看起來不起眼，但實在很痛。空太痛得在地上打滾。

「竟然會光明正大的偷窺裙底風光，空太也長大了呢。」

仁撿起掉落的眼鏡戴回去。

「追根究柢，還不是因為仁學長把我擊倒的關係！」

大概因為嘴裡破了，講話的時候有股血的味道。

「因為一個根本就沒打過什麼架的傢伙來找我麻煩啊。」

「仁學長為什麼那麼習慣打架啊？」

一般人不會在打架時使出迴旋踢吧。

「長得太帥，就會有些閒著沒事做的人來找碴啊。」

「就因為你會講這種話，所以才會被找麻煩吧。」

彷彿現在才覺醒般，被揍的臉頰開始發燙。說不定都腫了。

「況且，我從以前就很常擊退以色情眼光看著美咲的人。」

「……既然那麼喜歡她，應該可以了吧。」

「你是指什麼事？」

「就算仁學長不允許自己，我也會允許你。請跟美咲學姊交往吧。」

仁無力地笑了笑，在距離空太約兩公尺的地方，兩腳伸直坐了下來。雙手支撐在後面，仰望著天空。

「來念水高果然是正確的。」

然後突然說出這樣的話。

「對了，為什麼仁學長跟美咲學姊會念水高呢？」

至今從來沒有談過這樣的話題。

「美咲她從以前就是這個樣子。」

仁帶著溫柔的聲音。

「比方說自己在小圈圈裡的地位，或是如何與別人維持距離……一般大概在小學時就會開始察覺吧？像是如何順利地跟人打成一片之類的。」

「是啊。」

空太對著天空回答，只有仁的聲音從頭上傳來。雖然感覺很奇怪，不過並不覺得討厭。

「不過，美咲卻不一樣。從懂事以來就一直無所畏懼，就這樣從幼稚園、國小，一路進入到國中。」

「……」

「如果一直都是那麼高昂的情緒，一般人都會覺得很累。因為她會毫不客氣、魯莽地闖進別人的領域。這樣的情況，在國中時被覺得很煩，雖然美咲好像完全沒有自覺，不過那三年當中，她一直被同班同學漠視、刻薄對待或者排擠。」

「……」

空太說不出話來。因為這是第一次聽到美咲國中時期的事，而且從來沒想過會是仁所說的這種情況。不過，這麼說來是可以理解，雖然沒親眼看到，卻也能想像出美咲國中時期的境遇。

儘管程度上有所差異，但那樣的氣氛存在於每個地方。藉由在圈圈裡創造出一個敵人，來追求自己被認同的安心感。像這樣的時期，可能每個人都有過吧。也許空太也曾在不自覺的情況下，參與了這樣的事情。

只是這個敵人，在仁所念的國中裡是美咲罷了。這個事實讓空太覺得快窒息了。

「結果，美咲在國中三年期間，沒有一個稱得上是朋友的對象。」

「這跟進水高念書有什麼關係？」

「雖然不到真白的程度，不過美咲也是從小就持續做著某件事。與真白不同的就是，那跟父母親或環境沒有關係，而是美咲想做什麼就讓她做的教育方針……我覺得他們是很棒的父母。」

不過，這也許沒在學校這個空間裡獲得好的回應。異於常人這件事，在圈圈裡面總是會特別格格不入、引人注意，而且容易成為目標。

「你要是看到她家裡房間的牆壁一定會害怕。整面滿滿都是她小時候畫的圖畫。不過，我的房間也一樣就是了。」

「……」

「我們家鄉很常下雪。一般十歲左右的小朋友會想做的東西，不外乎是雪人或雪窯洞吧？但是那傢伙卻在自家門前用雪做了很逼真的熊。晚上路人經過看到，嚇得發出慘叫聲，還鬧到出動警察呢。」

「真是個不負期望會驚擾別人的人呢。」

「秋天還會在田裡做神祕的麥田圈。」

「不愧是外星人。」

「在學校運動場上畫了大大的畫，還登上報紙。」

「那個，她在水高也做過吧。」

那是空太一年級時的事。雖然還好沒上報……

「其他還有在體育館裡面的牆上畫畫被罵，還挑戰過空教室的天花板畫。」

「真是想做什麼就做什麼啊……」

「沒錯，非常亂來。所以那傢伙都是一個人。不過，國中的導師一直很注意這個孤零零的外星人。老師是個滿頭白髮、被稱做『仙人』的老先生。幾乎所有老師都坐視不管的情況下，只有那個人到最後都一直看著美咲。」

「……」

「水高是那位仙人建議的。『真是遺憾啊，上井草。看來在這個小城鎮，沒有妳外星人的夥伴呢。不過啊，要是去這個學校，說不定會有妳漂流到地球上的同伴。要不要考考看這個水明藝術大學附屬高等學校啊？』他這麼說了。」

「真是個好老師呢。」

「我也這麼覺得。因為竟然能一臉正經地講那種話。我聽了這段話以後，頭一回覺得大人很成熟，心想我也要成為那樣的大人。」

「要是被說了這麼帥氣的話，當然會忘不了吧。」

「是啊。不過，我忘不了的還不只是這樣。美咲……眼睛眨也不眨地默默聽完仙人的這番話，伸直了背脊，併攏雙腳，彷彿在忍耐什麼般緊閉雙唇。這時我才終於發現。啊，原來美咲自己也很明白。她也很明白周遭與自己的不同，就連自己是孤單一人的事也很清楚……」

那麼，美咲是為了尋找朋友，所以才報考水高的嗎？雖然覺得有些意外，但空太反而覺得這樣實在很像美咲的作風。

「仁學長又為什麼會報考水高呢？」

「我……結果只是因為擔心美咲而已吧。我決定報考的時候，還說什麼想要離開父母獨立啦、對藝大有興趣啦，說了很多藉口，風香還很激動……這也難怪。連自己的真心都沒察覺，卻講了彷彿是選擇了美咲的話。」

「……」

「不過，真是覺得慶幸。還好來念水高了。」

仁會這麼認為的理由不用問也很明白。因為美咲交了朋友——音樂科的皓皓，雖然本人可能會否認……前學生會長應該也是吧？還有櫻花莊的所有人。尤其是真白的存在佔了很大的成分，雖然兩人個性截然不同，但就擁有無與倫比的才能這一點來看，兩個人很相似。是外星人漂流到地球來的夥伴。

「能遇到空太真是太好了。」

「咦？我？」

「你自己真的沒發現呢。從美咲入學以來，跟她接觸最久的，不用懷疑就是空太你啊。」

「我……並沒有做什麼了不起的事。」

「有像這樣為了美咲而生氣的傢伙在，我真是覺得開心得不得了。」

仁面向天空溫和地微笑著，心裡想著美咲……

「看你好像沒發現，我就告訴你吧。」

「我？」

「能夠跟美咲、真白還有龍之介這樣的人自然相處，我覺得空太已經是充分擁有某些東西的人了。」

「擁有某些東西……我只是很普通的做自己而已啊。」

「那一點都不普通。跟個性強烈的人相處時，不但麻煩又累人，還會讓人火大又覺得很煩……能夠跨越這些與人正面交鋒，無疑就是你的優點。就這一點，我可以保證。」

如果對象是平常的仁，空太大概只會覺得被調侃了吧。不過，現在感覺到他是正經的。雖然也不能因為這樣就全盤接受，不過空太想要成為這樣的人，也為了證明仁的話是正確的。

「仁學長。」

「幹嘛這麼慎重？」

「現在青山去叫美咲學姊過來，如果她來了請好好談一談。」

「……那傢伙會來嗎？」

仁說了奇怪的話。

「當然會來啊。因為她一直想跟仁學長說話，但你卻總是躲著她。」

「我躲著她啊？空太，你誤會了喔。」

「誤會什麼？」

「這一個半月以來，是她一直躲著我。」

「啥？」

「離開櫻花莊保持距離的人確實是我，但是之後我打了好幾通電話給美咲，也傳了簡訊。就連在學校也想找她談話，那傢伙卻逃跑了。」

仁小小聲地說著「明明有東西想要給她」。

雖然無法馬上理解，不過之前美咲是怎麼說的呢？

——我已經不知道要怎麼開口跟仁說話了……

還有……

——不管仁會說什麼，我都覺得好害怕喔……

她哭著這麼說了。

在學校的時候，美咲也只是看著仁，就算有機會卻仍然只是躲起來。

回想最近美咲的樣子，確實如同仁所說的。

「即便如此，美咲學姊還是會來的。」

「為什麼這麼認為？」

「青山一定會把她帶來的。所以……」

「我知道了。到時我會好好跟她談的。」

「仁學長。」

「只是，不見得會有空太所期望的結果喔。」

仁如此說完站起身來，把手插進外套口袋裡。這時，空太想起了千尋所說的話。

「你的口袋裡面放了什麼東西？」

「你從千尋那邊聽到了什麼吧？」

仁只是自顧自地說著，卻沒有回答。手在口袋裡握著某個東西。

空太正想追問的時候，頂樓的門發出沉重的聲音打開了。

首先探出頭的是七海，美咲則躲在她後面低著頭。

「神田同學，你做了什麼？」

小跑步過來的七海露出困惑的表情。

「什麼是指？」

「老師從下面上來了。」

空太慌張地折回校舍，窺視樓梯底下。腳步聲接近了，接著立刻就與爬到樓梯平台的四位男性教師目光對上。

「在頂樓打架的，原來是櫻花莊的人嗎！」

穿著運動服打前鋒的體育老師，已經因為憤怒而滿臉通紅。

「竟然在放榜的日子給我鬧出這種事！」

「您說的完全沒錯，不過我們也是有原因的！」

「誰管你們！」

逃開不由分說的教師們，空太從外側關上頂樓的門，使勁以全身重量壓上去。頂樓外側沒辦法上鎖。

「美咲學姊！仁學長！」

要是再被隔開來，也許這兩個人就會失去談話的機會了。希望他們利用這個時候好好聊聊。

美咲只是低著頭僵住，連抬頭看仁都沒辦法。

頂樓的門內側「咚咚」地敲著。

「喂，神田！趕快開門！」

這是體育老師的聲音。他也兼任棒球社顧問，骨子裡就是個肉體派。眼看門就要被推開了。

空太用力岔開腿，好不容易才又壓回去。七海立刻衝過來幫忙一起壓住門，不過看來應該也撐不了多久。

「椎名也過來幫忙！」

「我知道了。」

一直杵著不動的真白走過來。

「給我用跑的過來！」

小跑步靠近的真白，推著空太的背。

「妳這是在推我，還是在搔我癢？或者是在按摩？」

雖然早就猜到，只是空太沒想到真白竟然這麼沒有戰力。

「你想要哪個？」

「用力推！」

現在沒有閒工夫理會真白了。

「仁學長，快一點！」

在這同時仍不斷聽到激烈的敲門聲以及老師的怒吼聲。美咲依然低著頭，無法看仁的臉。

「真是多管閒事的學弟啊。這麼土裡土氣到令人覺得丟臉的程度，到底是怎麼回事？」

這時仁的嘴角浮現出微笑。

「算了，偶爾有這種的也不錯。」

重新面對美咲的仁，緩緩地走近過來。不過在距離三公尺左右、不上不下的距離時，仁就停了下來。大概是考慮到想躲避仁的美咲的心情吧。

仁與美咲在接近頂樓正中央的地方面對面。

簡直像電影裡的場景。

「美咲。」

「……仁。」

美咲只是微微抬起頭。

「我考上大學了。」

「……嗯，恭喜你。」

「四月開始就要到大阪去了。」

「嗯……」

「所以啊，美咲。」

「什麼事？」

「妳不用在意我，去做妳想做的事吧。」

「……！」

驚訝的美咲終於抬起頭來，看著仁的眼睛。

美咲真正想做的事是什麼呢？不就是動畫嗎？空太無法理解仁話中的含意。

「文化祭的時候，製作喵波隆很有趣吧？」

「嗯……」

「真白的畫有刺激到妳吧？」

「嗯。每天都很興奮，心想自己也要做出很棒的東西。」

美咲自然地露出了笑容。

「在緊要關頭時，妳卻為了提高品質，對自己提出重做的要求，是因為不想認輸吧？是覺得這種東西還差得遠吧？那是不是妳第一次有了這樣的想法？」

「不只是小真白，Dragon也全都回應了我的要求。不對，小真白跟Dragon做出了比我想像中還要好的東西，我……那是我至今為止覺得最開心的時候……每天都快樂得不得了！」

「妳想做出更多像那時候一樣開心的東西吧？」

「嗯，我想嘗試……」

「那麼，妳已經知道了吧？知道我沒辦法勝任劇本的工作。」

「……」

美咲露出鬱悶的表情低下頭。

「真是個老實的傢伙啊。」

仁哈哈笑了。這種事情，仁應該最清楚不過。

「對不起，仁的劇本是不行的……沒辦法像小真白或Dragon一樣讓我心跳加速。」

「每當我完成劇本的時候，妳總是會稍微露出失望的表情吧。」

「對不起。」

「該道歉的是我。因為我封閉了妳的才能。」

「才沒那種事！」

「四年。」

「仁……」

「四年後，我會靠實力成為能讓上井草美咲指名的劇本家再回來。」

「……」

「所以，那個……」

仁緩緩縮短最後三公尺的距離，接著伸出原本放在口袋裡的手，雙手溫柔包覆著美咲的左手。美咲有些驚訝的張大了眼睛。

這個原因，在仁的手放開時揭曉了。背對著門兩腳岔開撐著的空太眼裡，看見了亮晶晶閃耀著的東西。美咲的左手無名指上，閃著一枚銀色的戒指。

「這、這個，仁……」

「是驅除男人的護身符。不要的話就丟掉吧。」

「啊……」

美咲的感情無法化作言語。

「……人家絕對不會再拿下來了。」

即使如此，她還是努力擠出話來表達。她宛如祈禱般握著珍貴的戒指。

「仁。」

「幹嘛？」

「四年好漫長喔。」

「我知道。」

「我忍耐不了了。」

「妳的任性我也很清楚。」

「人家還是希望現在就在一起。」

「所以說，我們先好好談談吧。到畢業前還有兩個禮拜。」

「嗯……我知道了，仁。」

美咲終於笑了。感到安心的空太，力量從全身放空，與真白、七海三個人，像是被打開的門彈飛般滾到地上。

緊接著，四名教師雪崩似的湧進頂樓。

「你們幾個！給我到教職員室來一下！」

「所謂的一下，是五分鐘左右就會結束嗎？」

仁找麻煩地多嘴了。

「今天絕對要好好修理你們一頓，覺悟吧。」

「他這麼說喔，空太。」

「為什麼想全部推給我！」

「沒有啦，只是就這情況看來，一般都會有這點體貼吧。」

「我想要體貼的心情，現在馬上煙消雲散了啦！」

「那麼，前往教職員室Let's Go！學弟！」

不管怎麼看，美咲的高昂情緒都不像是即將被罵的人。不過，這才是美咲，是空太所熟悉的、櫻花莊足以向世界誇耀的外星人。帶著開朗的笑容，散發給周圍滿滿的精神以及莫大的麻煩。

「上井草，妳不用過來。」

體育老師表情僵硬，因為害怕被外星人洗腦。

「人家也覺得，差不多該向老師們表達三年來的感謝之意了～～！」

「妳的好意我們心領了。所以，上井草妳趕快回去吧。三鷹跟神田過來就可以了。看臉上的傷，打架的是你們吧。」

仁推著美咲的背邁開步伐，對空太使了眼色。不管怎麼看，這都是打著壞主意的表情。

「椎名，要走了。青山也是。」

空太催促著兩人回到校舍去。四位教師感到不可思議，看著突然乖乖聽話的空太等人背影。

接著，慢了仁大約五步左右的老師們也跟了上去。

這樣的距離已經足夠了。仁先讓美咲走進頂樓的門，自己最後離開頂樓平台，露出爽朗的笑容回頭轉向老師們。

「三年來承蒙各位的照顧。」

他說著這種值得嘉許的話，一臉裝死的表情關上門並且上鎖。

「喂，三鷹，快打開！」

老師們從頂樓外側「咚咚」地敲著門。

「這麼一來就ＯＫ了。」

「這、這樣做好嗎？之後會被罵得更慘吧。」

七海發出吃驚又困惑的聲音。

「沒關係啦。反正會被罵的是空太。」

「仁學長也是啦！」

「我現在要不要來上學都可以，明天起就不來學校了。所以就交給空太囉。」

「啊！你連這點都算計進去了吧！」

仁不理會空太，一個人走下樓梯。後面的老師們仍不斷敲著頂樓的門，喊著快打開。

「走吧，回家了。」

停在樓梯平台的仁，抬頭看著空太、真白、七海、美咲四人。

「回家是指……」

「當然是回櫻花莊啊。」

仁這麼說完，故意露出了笑容。他再度跨步走出去，美咲立刻上前追著他的背影。空太、真白以及七海三人先是彼此看了一眼，接著也以跳躍般的步伐跑下樓梯。

離開學校的空太等人，悠閒地走在平常的通學路上。

空太與仁的前方，以美咲為中心，與真白及七海三個人談笑著。似乎是以剛收到的戒指為話題聊開了。

剛剛美咲也向空太炫耀了一番。那是配合美咲喜歡的角色「咬人熊～～」的設計款戒指，很適合長相可愛的美咲，而且她本人也很開心。

「仁學長之前沒回櫻花莊，都是為了美咲學姊吧。」

「那只是因為調侃前學生會長實在很有趣，所以上癮了而已。」

真像是仁會說的藉口。雖然多少有些真實的成分，不過仁應該已經察覺到了，如果自己回櫻花莊，美咲就會失去容身之處。要是仁放完寒假就回來，說不定美咲會自己離開櫻花莊。總覺得事情會變這樣。

「我誤會了很多事……那個，真的很抱歉。」

「無所謂啦。況且有些部分的確應該被罵。」

「不過，你本來就打算一定要跟美咲學姊談談吧？」

畢竟連戒指都準備好了。說不定仁有自己的想法，空太卻硬逼著他今天就行動。

「誰知道呢。」

仁只是曖昧地笑了笑，不肯透露事實。空太也不打算深究。眼前的美咲笑得那麼開心，而仁正以溫柔的神情看著她，那麼過程也就不重要了。

到畢業之前的這段時間，兩人之間會談些什麼、會做出怎樣的結論，現在還不清楚。兩人意見不合而吵起來，關係變得彆扭的可能性還是很高。不過，對於仁與美咲來說那正是需要的事。現在的空太已經能夠這麼想了。

抵達延伸至櫻花莊的坡道時，突然湧現了依依不捨的情感。仁與美咲再回到這條路上，大概只剩下不到十次吧。為什麼總是要等到這樣的時刻到來，才會察覺到這樣的事呢？

總覺得還有好多話想跟他們兩個人聊，總覺得還有好多事想跟他們兩個人一起去做。

為了振作逐漸低落的情緒，空太筆直地抬起頭來。如果所剩的時間不多，那麼只要珍惜地度過就好，只要能夠長久地與仁、美咲一起看著同樣的風景就好。現在不是在還沒結束前就先後悔的時候。

「兩個月沒回來，多少有些懷念呢。」

抵達櫻花莊前，仁感慨萬千的這麼說著。上次回來已經是聖誕夜的事了，所以也不難體會他的心情。

美咲精神飽滿地喊著「我回來了」，衝進櫻花莊裡。空太也開心地看著完全恢復精神的美咲，跟在真白與七海之後跨過玄關的門檻。

只是，才剛踏進去一步就停下了腳步。美咲、真白以及七海三人突然停在前面。

「怎麼了？」

站在後面的仁發出了疑問。

只見千尋彷彿在等人般站在玄關，空太以目光向她尋求答案。她所謂「不想參加的會議」，看來意外地很快就結束了。

走廊上甚至出現了從房裡走出來的龍之介身影。

「如果全員都到齊了，那正好。」

如此說著的千尋臉色很難看。

「有件事一定要告訴你們。不好意思，現在馬上召開櫻花莊會議。」

「怎麼回事啊？竟然一臉正經的表情。」

為了緩和現場的氣氛，空太輕佻地回問。

不過，千尋回應的話語，卻瞬間就將微溫的空氣清除殆盡。

二月二十日

這天櫻花莊會議紀錄只有簡短的記述。

——本日召開水明藝術大學附屬高等學校的理事會，已決定本年度將拆除櫻花莊。書記·千石千尋

距離畢業典禮，還有十六天……

後記

我是最近與荒木責編討論原稿時，老是被嗤之以鼻的鴨志田一。

雖然總是引人發笑，不過終於平安出到第五集了。

《櫻花莊的寵物女孩》系列，雖然是託荒木責編與負責插畫的溝口ケージ老師的福才能夠成立，但是作家、責任編輯和插畫家之間實際上是以什麼樣的平衡在進行工作，說不定意外地不為人所知。

因此，本次想以此做為後記的話題。

以《櫻花莊的寵物女孩》來說，敲定討論的時間後，三個人偶爾會一起去吃飯。可是回過神的時候，常常已經到了只剩最後一班電車的時間。為什麼呢？

如果要問那麼長的時間都在聊些什麼……並不是很開心地聊著「隔壁的客人是很常吃柿子的客人」、「會在旁邊的竹籬笆立竹子，是因為想立竹子所以才立竹子的（註：日本繞口令）」、「今天早餐也是番茄」等，總之，幾乎都是在聊不能在這裡說的話題。

此外，好像也說了「我想做那種事～」之類的話，又好像沒有……有時談些本系列的東西，有時倒也不是……總之一言難盡。

還有就是，不發一語的三個人，只是盯著前來將食材丟入鍋裡的店員，讓對方覺得很困擾的事吧。因為會造成對方的壓力，所以請不要這麼做。

那麼，下一集終於來到畢業典禮……在這之前，預定要推出短篇集。以故事的時間點來看，因為與第四、五集相關的東西很多，依發售順序來說，個人認為在第五集之後閱讀是最適合的。當然，在《電擊文庫ＭＡＧＡＺＩＮＧ》上連載的部分，在各別刊載的時間閱讀是更好的……

時間暫定在秋季。

先前已經提過名字的兩位，在第五集也受了他們很多照顧。另外，這次也勞煩了負責設計的Ｔ大人。

對於閱讀到最後的各位，謹致上最深的謝意。

鴨志田一

國家圖書館出版品預行編目資料

櫻花莊的寵物女孩 5 / 鴨志田一作 ; 一二三譯. -- 初版. -- 臺北市 : 臺灣國際角川, 2010.09-
冊 ;　公分.—— (Kadokawa fantastic novels)

譯自 : さくら荘のペットな彼女 5
ISBN 978-986-237-822-9(第1冊 : 平裝). --
ISBN 978-986-237-919-6(第2冊 : 平裝). --
ISBN 978-986-287-030-3(第3冊 : 平裝). --
ISBN 978-986-287-118-8(第4冊 : 平裝). --
ISBN 978-986-287-465-3(第5冊 : 平裝)

861.57　　99014691

Kadokawa Fantastic Novels

櫻花莊的寵物女孩 5

(原著名：さくら荘のペットな彼女 5)

2011年12月31日 初版第1刷發行
2023年10月2日 初版第13刷發行

作者：鴨志田 一
插畫：溝口ケージ
日版設計：T
譯者：一二三

發行人：岩崎剛人
總編輯：蔡佩芬
編輯：孫千棻
美術設計：吳佳昫
印務：李明修（主任）、張加恩（主任）、張凱棋

發行所：台灣角川股份有限公司
地址：104台北市中山區松江路223號3樓
電話：(02) 2515-3000
傳真：(02) 2515-0033
網址：www.kadokawa.com.tw
劃撥帳戶：台灣角川股份有限公司
劃撥帳號：19487412
法律顧問：有澤法律事務所
製版：巨茂科技印刷有限公司
ISBN：978-986-287-465-3